El fin de
la tristeza

ALBERTO
BARRERA TYSZKA
El fin de la tristeza

RANDOM HOUSE

Penguin Random House Grupo Editorial

El fin de la tristeza

Primera edición: marzo, 2024

D. R. © 2024, Alberto Barrera Tyszka
Publicado mediante acuerdo con The Wylie Agency

D. R. © 2024, derechos de edición mundiales en lengua castellana:
Penguin Random House Grupo Editorial, S. A. de C. V.
Blvd. Miguel de Cervantes Saavedra núm. 301, 1er piso,
colonia Granada, alcaldía Miguel Hidalgo, C. P. 11520,
Ciudad de México

penguinlibros.com

ISBN: 978-607-384-200-6

Impreso en México – *Printed in Mexico*

*Y nada será tuyo salvo un ir
hacia donde no hay dónde.*

ALEJANDRA PIZARNIK

¿No te ha pasado que, de pronto, te cruzas con alguien desconocido, con alguien que no has visto nunca, y se miran y sientes algo especial, como si esa persona —de la que no sabes nada— estuviera secretamente conectada contigo, como si pudiera llegar a ser alguien importante en tu vida?

Así comienza todo.

En la mañana, al salir del metro en la estación Capitolio, tengo un presentimiento. No sé exactamente qué es, pero una fuerza interior me empuja a cambiar la ruta que sigo todos los días para llegar a la oficina. En vez de caminar como siempre por la avenida, giro en una esquina y voy por una calle lateral que, de forma paralela, recorre casi el mismo trayecto. Es un impulso irracional, inexplicable.

La pequeña calle está casi vacía. A medida que voy caminando, sin embargo, comienzo a percibir a lo lejos una mancha. Unos pasos después, la mancha se convierte en una danza más clara, en un movimiento que anuncia una silueta; luego se transforma en una figura, en un cuerpo con un pantalón azul y una camisa blanca. Es una mujer con la piel de color madera y el cabello oscuro y corto. Cuando cruza junto a mí, veo un destello gris en medio de sus ojos. Y siento vértigo. Y me quedo sin aliento. Y me detengo.

Estoy desconcertado. Lo que acaba de suceder es mínimo, imperceptible, y a la vez enorme e incontrolable. Una desconocida de una rara belleza, en mitad de una calle cualquiera, de pronto se convierte en una aparición sobrecogedora. ¿Cuánto tiempo puede haber durado ese encuentro? ¿Cuántos segundos? Siento que necesito llenarme de oxígeno. Como si el aire fuera algo físico, sólido; como si el aire pudiera sostenerme de pie. Espero un instante y luego ladeo un poco la cabeza y observo el tramo de calle que acabo de dejar atrás: ahí está ella, todavía, alejándose. Y entonces vuelve a ocurrir: de repente, la mujer se detiene, voltea el rostro y me observa.

Las dos miradas chocan en el aire y se deshacen. Caen sobre el asfalto.

Inmediatamente, trato de disimular. Muevo el torso, aparentando que en realidad estoy mirando una tienda que vende televisores y aparatos de música. Espero unos momentos frente a esa vitrina donde brillan monitores de diferentes tamaños, colgados uno junto a otro, todos encendidos y sintonizados en el mismo canal.

Y entonces, de pronto, me sorprende descubrir que en la televisión está mi psiquiatra.

Estoy atónito. Me parece insólito que la doctora Villalba aparezca en un noticiero. Su imagen no se distingue con nitidez. Me acerco más. El escaparate de la tienda parece una enorme pecera muda, llena de pantallas que repiten todas la misma imagen. Una narradora habla con expresión grave, moviendo los labios secamente, como si partiera con ellos cada sílaba. Yo no puedo oír nada, pero sigo con los ojos la transmisión. Mi terapeuta camina junto a dos oficiales vestidos de negro, uno de ellos carga en los brazos un arma larga. Ella tiene las manos juntas; es evidente que están esposadas.

La leyenda que aparece en el generador de caracteres dice: "Detienen a la Doctora Suicidio".

Siento una línea de frío que cruza por dentro mi cabeza.

Hielos debajo de los ojos.

Pienso: esta historia va a terminar mal.

Y cuando vuelvo a mirar hacia la calle, ya la mujer ha desaparecido.

Llego apurado a la oficina. La noticia me ha dejado inseguro y nervioso. No puedo entender qué está ocurriendo. Avanzo por el pasillo y entro a mi cubículo rápidamente, saludando apenas con pequeños movimientos de cabeza. Siento que no tengo control de mi cuerpo, que me muevo impulsado por una inquietud más fuerte y oscura que mi voluntad.

Durante casi toda la mañana no logro concentrarme, no puedo trabajar. Me pregunto si debo llamar al consultorio, hablar con la secretaria, tratar de saber qué sucede. Pero me frena el temor. No sé si una llamada puede meterme en problemas. También recuerdo a la desconocida con la que apenas me crucé en la calle. Nunca me había pasado algo así. Recuerdo su figura, su vaivén, su mirada. Siento que entre ella y yo hay una conexión secreta, que —al mirarnos— ocurrió algo, algo más que una simple mirada.

Estoy atrapado en el vaivén de esas dos imágenes. Una mujer con un resplandor gris en los ojos que, al cruzar a mi lado, me deja temblando sobre un precipicio invisible, y mi terapeuta, quien inesperadamente aparece en el noticiero de la televisión como si fuera una criminal. La única relación que hay entre ambas es una pequeña casualidad. Si yo no hubiera seguido ese impulso indescifrable, si no hubiera decidido cambiar de ruta y caminar por una calle paralela, jamás me hubiera cruzado con esa mujer, y, de la misma manera, si jamás me hubiera cruzado con ella, probablemente nunca me habría parado frente a esa vitrina y no me habría enterado así de la detención de la doctora Villalba.

Pienso: no hay que desesperarse buscando explicaciones que quizás no existen. La mayoría de las cosas que suceden en la vida no tienen una causa clara ni un origen coherente. La lógica sólo es una ficción.

Natalia toca la puerta y, sin esperar respuesta, entra y deja unos papeles sobre mi escritorio. Algo me cuenta de una nueva normativa, algo que suena muy aburrido, una frase que no llega a levantar el vuelo. La escucho lejanamente y permanezco ensimismado hasta que ella pone las manos en la mesa y alza la voz y me pregunta qué pasa. Dudo por un instante si contarle o no la verdad. La conozco desde hace tiempo, no tengo motivos para desconfiar de ella, pero —aun así— no quiero arriesgarme. Decido que lo mejor es sólo contar la mitad de mi experiencia. Y entonces comparto con ella la pregunta:

—¿No te ha pasado que, de pronto, te cruzas con alguien desconocido, con alguien que no has visto nunca, y se miran y sientes algo especial, como si esa persona —de la que no sabes nada— estuviera secretamente conectada contigo, como si pudiera llegar a ser alguien importante en tu vida?

Natalia se queda unos segundos en silencio.

—No. Nunca.

Parece decepcionada, da media vuelta y sale de mi oficina.

Llevo ya tres años trabajando en el Departamento del Archivo Principal de la Secretaría Central de Registros y Notarías. Según sus siglas, es el DAPSCRN. Es un nombre impronunciable y por eso todos se refieren a la institución como El Archivo. A este lugar se remiten todos los documentos firmados y sellados en cada una de las notarías y registros públicos. En el momento de su creación, dijeron que sería un gran centro de digitalización de toda la actividad legal del país. Era un proyecto moderno y ambicioso que, desde el inicio, fracasó eficientemente. El presupuesto se perdió en trámites inexistentes, jamás se adquirieron los equipos adecuados, no se contrató al personal especializado y muy pronto El Archivo pasó a convertirse en un inmenso depósito, poblado por cajas de cartón llenas de documentos.

Aquí los papeles se reproducen más rápido que las polillas. Fue la primera frase que escuché el día que comencé a trabajar. Me la dijo mi supervisor, tras abrir la gruesa puerta de metal del Área 5 y mostrarme el espacio, totalmente ocupado por hileras de estantes de metal cargados de cajas. Conseguí el puesto gracias a una prima que tenía contactos en el Ministerio. Ella me avisó que había una vacante en El Archivo, que el departamento de Recursos Humanos buscaba a un licenciado en Bibliotecología. Yo había estudiado Geografía, pero necesitaba trabajo. Mi prima me aseguró que la carrera universitaria era un detalle menor. Me dijo que lo importante era que no hubiera nada en mi expediente. Tú nunca has estado en líos, ¿verdad?, preguntó. Estar en líos significaba:

Votar en contra de.

Asistir a marchas que se oponen a.

Apoyar remitidos para denunciar que.

Pertenecer a sindicatos independientes o a organizaciones civiles contrarias a.

Firmar a favor de.

Respondí que no. Claro que no. Por supuesto que no. A la semana siguiente, empecé a trabajar en El Archivo.

Mi primera tarea consistió en ordenar y clasificar documentos. Los criterios eran muy básicos: año de emisión y lugar de procedencia. Con el tiempo, logré ascender y convertirme en coordinador de sala. Me dieron una oficina y mi misión, entonces, consistía en vaciar en el sistema central de información los reportes diarios con el resumen de los documentos que ya habían sido organizados y catalogados en las salas.

—Es un buen ascenso —me dijo el supervisor—. El sueldo es mayor y, sobre todo, vas a tener menos contacto con el papel.

El peligro del papel es un tema recurrente en El Archivo. Las especulaciones sobre las posibles consecuencias fatales del contacto permanente con las hojas siempre están circulando entre todos los empleados. Una vez convocaron a una asamblea para informarnos sobre un tipo de hongo que, supuestamente, podría invadir y habitar los pulmones de aquellas personas que pasan largas temporadas en depósitos llenos de documentos. Todo el mundo entró en pánico. A mí, sin embargo, me preocupan más los dedos. Hay una teoría que asegura que pasar tanto tiempo trabajando con papel, más temprano que tarde, termina borrando las huellas dactilares. Quedarse sin esos rasgos particulares, sin el relieve invisible que respira en la punta de los dedos, me parece increíble y aterrador. Siento que es una forma de perder mi identidad, mi cuerpo; una rara manera de comenzar a esfumarme.

Tal vez por eso, al salir del trabajo, siempre me siento agobiado y sucio. Esa sensación ya forma parte de mi rutina cotidiana, es la extensión de la oficina sobre mi piel.

Apenas llego a casa, me quito la ropa y voy directo al baño. Todas las tardes me quedo unos minutos debajo de la regadera con la ilusión de que el agua lave los restos de todas las palabras muertas en tantos documentos inútiles. Miro hacia el piso, imaginando muchas letras desordenadas, arrastradas por el líquido, dando vueltas, girando alrededor del agujero del desagüe.

Pero hoy, cuando estoy bajo el agua, de repente vuelven a aparecer. Se cruzan las dos figuras. La muchacha con el destello gris en los ojos y la doctora Elena Villalba, cabizbaja y en sandalias, esposada. Ambas de pronto se juntan debajo de esa delgada lluvia. Siento que puedo tocarlas.

Al cerrar la llave, todo se desvanece.

Salgo de la regadera y me encuentro otra vez con la noticia. El pequeño espejo del gabinete del baño se transforma en una pantalla donde puedo ver una vez más la secuencia. Los dos oficiales que escoltan a mi psiquiatra me parecen ahora más fuertes, más grandes. Ella camina muy despacio. Sus manos están atadas por un lazo de metal que no se ve pero se intuye perfectamente. Tiene la cabeza gacha aunque no parece estar avergonzada. Se mueve con una extraña calma. Verla de nuevo me llena de angustia. Está demasiado serena, como si nada estuviera pasando. O como si todo lo que está pasando no le estuviera pasando a ella. Debajo de su figura, se dibuja, sobre el vaho que nubla el espejo, la misma leyenda que leí esta mañana: "Detienen a la Doctora Suicidio".

Hace tiempo, decidí dejar de ver los noticieros. No quería tener ninguna relación con la actualidad. Ya no me interesaba. Llegó un momento en que no soporté más estar informado. No deseaba saber nada sobre la situación del país o del mundo, sobre los conflictos políticos, sobre las distintas formas de violencia, sobre las guerras, sobre las epidemias, sobre las diferentes e innumerables crisis de todo. Un día, no recuerdo muy bien cómo o por qué, cuál fue el detonante exacto, me harté. Algo estalló dentro de mí. Pero fue una explosión sin ruido, sin estampida y sin esquirlas. Me harté de vivir siempre excitado, alterado, persiguiendo informaciones, pendiente de aquello que en cualquier instante podía ocurrir. Decidí comenzar a vivir conociendo lo menos posible del contexto, ignorando las circunstancias, obviando las coyunturas. A partir de ese momento, apagué cualquier vínculo con las noticias.

Uno puede vivir sin la realidad. Lo repito a cada rato.

Dejé de ver televisión, dejé de escuchar radio, cancelé mis cuentas en las redes sociales… No utilicé más la computadora para enterarme de lo que sucedía o no sucedía en ningún lado. Al principio me costó, no estaba acostumbrado, me sentía raro. Pero poco a poco fui adaptándome a la nueva forma de vida que había elegido, evitando continuamente contaminarme de actualidad. En las conversaciones con mis compañeros de trabajo, si alguna vez surgía de pronto un tema noticioso, simplemente me hacía el tonto, pasaba de largo, sonreía sin decir nada, como si fuera un distraído o un frívolo.

Ahora sé que puedo perder en un instante toda mi tranquilidad. Las imágenes de mi terapeuta ponen en peligro mi orden, amenazan con regresarme al pasado, a la estridencia apocalíptica de una vida llena de últimas noticias, de hechos siempre urgentes, de tragedias que acaban de suceder o que están por venir. La realidad, de pronto, se cuela por una rendija inesperada y está otra vez demasiado cerca de mí, tan cerca que la encuentro en el espejo de mi baño. Me afeito sobre ella.

Mi apartamento sólo tiene cincuenta metros. No hay que caminar demasiado. Al salir del baño ya estoy frente a la mesa cuadrada que me sirve de comedor y de escritorio. Me siento, abro mi computadora portátil e ingreso en el buscador, tecleo el nombre de mi psiquiatra, rastreo la noticia. Con demasiada rapidez, empiezan a asomarse y a fluir los datos. Como insectos desorientados, salen en desbandada, chocan entre ellos, revolotean sin sentido, sin dirección, desesperados por mostrarse, por brillar. Conozco bien la experiencia. Es el desorden de lo real, adquiriendo una nueva forma frente a mí. El caos sujetado con palabras.

Comienzo a leer, a buscar, a perseguir señales, y vuelvo a sentir esa efervescencia embriagante, esa curiosidad que se vuelve ansia frente a la pantalla.

Sé que estoy perdido.

Puedo permanecer así toda la noche, encandilado frente a la computadora, iluminado por la pantalla de la computadora, leyendo y buscando.

Unas horas después, me encuentro desnudo sobre la cama, con los ojos aferrados al techo. Tengo la cabeza llena de notas, de declaraciones, de videos. Como siempre, hay demasiadas versiones de un mismo hecho. En este país es muy difícil encontrar una verdad. Muchos medios han sido cerrados, otros están silenciados, hay tantas mentiras circulando, mucha propaganda disfrazada de noticia. Para conseguir alguna información más o menos confiable, hay que buscar mucho y buscar bien.

Todo lo que he visto y leído da vueltas dentro de mi cabeza. Me costó mucho dejar el escritorio y llegar hasta la cama pero, una vez acostado, no logro dormir. Es absurdo. Ya no estoy en ninguno de los dos sitios: ni en la mesa, clavado ante el buscador, ni tampoco en la cama, durmiendo. Me encuentro en una mitad flexible, flotando entre imágenes y letras, enredado en reportajes, entrevistas y versiones diferentes del caso. Cada vez que cierro los párpados en la cama, mis pupilas se abren en la computadora.

Pienso: las obsesiones sólo son angustias disciplinadas.

Me pongo de pie, salgo del cuarto y me acerco a la ventana. Trato de distraerme, de poner otro tema en mi mente. Recuerdo a la mujer del destello gris en los ojos. Recuerdo su figura leve, danzando, acercándose. ¿Qué hacía ella hoy en esa calle? ¿Acaso pasará siempre por ahí? ¿Será esa su ruta cotidiana? ¿Trabajará cerca? Por unos instantes, me quedo dándole vueltas a esas preguntas. Imagino que mañana, de pronto, podríamos volver a tropezarnos en ese mismo lugar. Imagino que eso podría pasarnos todos los días, que podría ser el inicio de una historia.

La casualidad como destino.

Me gusta soñar que ella, de alguna manera, puede estar en mi vida, puede formar parte de mi futuro.

La ciudad es una mancha espesa. Ni una leve brisa mueve las sombras.

¿Qué sentido tiene estar aquí, a esta hora, desnudo junto a la ventana, evocando a una mujer desconocida, a quien posiblemente jamás volveré a ver?

Recuerdo de nuevo, entonces, a mi psiquiatra; regresa la noticia sobre la Doctora Suicidio.

Vuelvo a la cama. Me acuesto.

Sólo quiero cerrar los ojos y soñar con tijeras.

El hombre alza la mano y pone la pistola en su cuello, toca con la punta del arma su mandíbula. Duda un segundo. Quizás se pregunta si debe o no cerrar los ojos. Jamás lo ha pensado. Es una duda que sólo aparece en ese instante. Morir con los ojos cerrados. Morir con los ojos abiertos. ¿Acaso tiene sentido la elección? ¿Cuánto puede durar la bala, su zumbido atravesando rápido entre las dos orejas?

Cierra los ojos y aprieta el gatillo.

No hay palabra capaz de reproducir ese sonido. *¡Bang!* es una expresión de tira cómica, de historieta de dibujos animados. Tiene algo artificial, no consigue expresar con absoluta plenitud el estruendo de una detonación. En realidad, ningún monosílabo de ningún idioma puede comunicar cabalmente ese estallido. Un disparo es tan rápido y tan violento que ni siquiera tiene lenguaje.

La bala cruza la cabeza, lo mata de manera instantánea.

Es un relámpago que entra por la barbilla y sale liberado por la parte superior del cráneo, dejando detrás una estela de sesos, sangre y otros fluidos. Con el impacto, el cuerpo se sacude brevemente y luego se desploma hacia atrás con un impulso repentino; tropieza con la baranda del balcón y se dobla; ya sin ninguna fuerza, sin ambición de equilibrio, gira y se desliza inerte; cae desde el piso tres hasta el jardín de la parte posterior del edificio.

Amanda está regando las palmeras. Aprovecha que esa semana no ha habido racionamiento. El agua curiosamente llega de forma abundante por la tubería que viene de la calle. Está sucia, huele raro, pero es agua. Y ella la rocía feliz sobre las ramas amarillentas y quebradizas. El ruido del disparo no la sorprende. Es un sonido frecuente, un choque de consonantes debajo de las sombras que hace tiempo dejó de ser inesperado. Pero lo que viene después no puede pasar inadvertido: el susurro del cuerpo cortando el viento, el golpe sordo contra la grama, la forma desajustada de la figura en el suelo, su palidez, su rostro traspasado por una bala. Todo ocurre tan rápido: en menos de tres segundos, un muerto cae junto a sus pies. Un alarido se hunde en el pellejo de la noche.

Casi de inmediato, los demás habitantes del edificio se enteran de lo que acontece. Un cadáver solamente es ligero cuando viaja dentro de un chisme. Demasiado pronto, el apartamento de la planta baja se transforma en una asamblea donde algunos vecinos en ropa de dormir se mezclan con la familia Fernández. El inquilino del piso cinco es gastroenterólogo. Llega enfundado en una vieja bata, pide calma y silencio antes de acuclillarse en el jardín. Acerca su rostro, evitando tocar el cadáver; se inclina un poco de medio lado, logra observarlo de cerca.

—Se sopló un balazo —dice.

Velozmente se multiplican las especulaciones. Casi todos los vecinos conocen a Luis Felipe Ayala. Vive con su esposa en el apartamento C del tercer piso. Lo describen como un hombre amable, muy tranquilo. Era ingeniero y había trabajado toda su vida para distintas empresas constructoras. Ahora recibía una pensión que no le alcanzaba ni para comprar café. Tenía dos hijos, un varón que vive en Canadá y una mujer que hace apenas seis meses se mudó a Buenos Aires. Gracias a las remesas que ambos hijos envían, la pareja puede tratar de sobrevivir.

La presidenta de la junta de condominio dice que, precisamente, la esposa de Ayala se encuentra de viaje en Canadá en estos momentos. Dice algo como: justo ayer, Luis Felipe me lo comentó. Nos encontramos en la puerta. Yo venía llegando de la calle y él iba saliendo a pasear su perro. Y luego deja caer un suspiro cargado de humedad y agrega un par de frases clásicas, predecibles, del tipo ¡No puede ser! o ¡Todavía no me lo creo! Otros vecinos también comparten sus últimos encuentros con Ayala. Casi todos han sido cortos y en la intimidad de la escalera. El ascensor lleva ya catorce meses dañado. En general, todos coinciden en lo mismo: nunca vieron una señal rara, un síntoma que pueda explicar lo que acaba de ocurrir, el anuncio de un dolor que presagiara un suicidio. Por el contrario, la mayoría de los que pudieron compartir con él algunos instantes refieren el buen humor de Ayala, su simpatía, su cordialidad, su —hasta ese momento— contradictoria fe en el futuro. Alguien cuenta que Ayala le mostró una foto que tenía en su teléfono. Mira, mi nieto canadiense, habría dicho el ingeniero, con ironía pero sonriendo. Era un niño de cinco años, envuelto en un abrigo gris. Parecía un conejo en medio de la nieve.

Tardan mucho tiempo en debatir si deben o no llamar a las autoridades. Cada quien tiene una opinión distinta. El vecino del 1A dice que es necesario elegir muy bien a qué organismo van a llamar. Enumera seis o siete tipos de cuerpos policiales diferentes, destacando el nivel de peligrosidad de cada uno. La vecina del 2B relata la experiencia de una amiga que, en un edificio de San Bernardino, fue secuestrada por un cuerpo policial. Ella terminó perdiendo hasta su apartamento, asegura, moviendo exageradamente las manos. Otro inquilino, que utiliza demasiados adjetivos, reparte suspicacias sobre Ayala y las posibles causas de su suicidio. ¿Y si el motivo de su muerte tiene que ver con algún negocio turbio, relacionado con algún grupo de poder? ¿O si, peor aún, Ayala está implicado en algún tipo de conspiración? La discusión sólo termina cuando Amanda sentencia que no se va a quedar con un muerto en su jardín y opta por llamar por teléfono a la policía del municipio.

Dos oficiales suben al apartamento de Ayala, tocan el timbre, golpean también la puerta. Nadie les abre. Adentro, sólo se escuchan los ladridos del perro.

La presidenta de la junta de condominio tiene el número del teléfono celular de Hilda, la esposa de Luis Felipe Ayala. Aunque es tarde, deciden llamarla. Cuando el timbre empieza a sonar, todos se miran, indecisos. El teléfono está en altavoz. La dueña del apartamento sostiene el aparato sobre la palma de su mano. Por fin, del otro lado de la línea, Hilda dice aló. Ninguno de los presentes se atreve a contestarle. Nadie quiere dar la noticia. Hilda repite el saludo. Es un *aló* desorientado, una palabra que necesita una brújula. Más de uno, quizás, la imagina sentada sobre un sofá cama, un poco azorada, recién expulsada de sus sueños.

—Hilda —dice, finalmente, la vecina que ha llamado.

Hay una pausa.

—¿Amanda? —pregunta la voz del otro lado de la línea telefónica, desconcertada, como si hubiera necesitado varios segundos para identificarla. Y de inmediato añade—: ¿Qué pasó?

La vecina mira al resto de los presentes, buscando auxilio. Un oficial de la policía mueve levemente la cabeza, animándola a contarle lo que ha ocurrido.

—Lo peor —musita, trémula.

Luego vuelve a quedarse en silencio y, entonces, ante la vacilación general, el uniformado toma el teléfono y se aleja unos pasos. Todos lo siguen con la vista, tratando de escuchar qué dice.

Unos días después, Hilda lo contaría de esta manera:

—Eran como las dos de la mañana y yo estaba dormida, por supuesto. Afuera nevaba. Yo había ido unos días, a visitar a mi nieto. Mi hijo me pagó el pasaje. Luis no quiso ir, dijo que era mucho gasto. De pronto, entonces, escucho un ruidito. Me costó reconocer que estaba sonando mi celular. Yo ni sé por qué lo tenía prendido. Casi siempre, antes de acostarme, lo apago. Aunque a veces no. Esa noche fue una de esas veces, pues. Sonó y yo me desperté. Asustada, nerviosa, ¿quién podía estarme llamando? Atendí y, apenas reconocí la voz de Amanda, supe que algo malo había pasado. Y cuando ella misma me dijo que había pasado lo peor, entonces deduje que Luis había tenido un accidente, pensé que estaba muerto. Eso cruzó por mi cabeza. En dos segundos. Salté de una idea a la otra sin pensar en nada más. Luego entonces hablé con el policía. Fue él quien me dijo que, al parecer, mi marido se había suicidado. Más o menos así lo dijo. Con esas palabras. Yo sentí asfixia. No conseguía aire. Tenía el pecho aprisionado. Yo creo que el policía esperaba que yo pudiera decirle algo. Pero yo no podía. No sabía qué decir. Me puse a llorar. Ahí mismo, sentada en la cama, temblando, sosteniendo el celular entre las dos manos. El oficial me dijo que lo sentía mucho. Eso creo. La verdad, eso ya no lo recuerdo exactamente. Y luego entonces me preguntó si Luis Felipe estaba presionado por algo, si tenía algún problema, si tenía deudas, si estaba deprimido. Yo le fui diciendo no, no, no, varias veces no. A todo. Luego me preguntó si yo tenía alguna idea de por qué Luis Felipe podía haber decidido atentar contra su propia vida. Y, entonces, de pronto, yo sentí todo el frío del exterior dentro de mi cuerpo. Sentí que mis huesos se llenaban de nieve. Y me vino ese nombre a la cabeza. Y ahí fue que se lo dije. Me salió de adentro. Con todo el dolor y con toda la rabia que sentía en ese instante. Le dije: ¡La culpa es de esa doctora! Ahora creo que hasta se lo grité. ¡Toda esta mierda tiene que ver con Elena Villalba!, le grité. Llorando. Se lo grité llorando.

El cadáver pasa cuatro días en una cava, esperando que la viuda pueda regresar al país. Ella tiene que hacer dos escalas y pagar una penalidad exagerada a la línea aérea. El duelo se convierte en un trámite caro e incómodo. Llega al cementerio con jet lag y pésimo humor. Algunos familiares ya han pagado una misa, todos están esperándola en la pequeña capilla del panteón. Un sacerdote apremiado lee sin entusiasmo algunas supuestas cualidades del difunto, se equivoca de nombre, dice Luis Fernando en vez de Luis Felipe, regala las bendiciones al final y termina la ceremonia en menos de media hora. Luego unos empleados se llevan el ataúd a la sala de cremaciones. Hilda no quiere acompañarlos. Además del cansancio, siente rencor. Aun a su pesar, el resentimiento es mayor que la pesadumbre. La tapa, la borra. No puede llorar la pérdida de su marido porque, antes, odia que su marido se haya perdido de forma voluntaria, sin siquiera darle un aviso. Siente que el hombre con el que ha vivido durante cuarenta años, con el que ha tenido y criado dos hijos, con el que ha pasado los mejores placeres y los más grandes dolores, la acaba de traicionar de forma súbita y de la peor manera. No le perdona que se vaya así, con violencia y sin disculparse, sin despedirse. Hilda está tan furiosa que ya ni siquiera quiere llorarlo. Después de la sorpresa, la rabia ha sustituido al dolor. Desea desquitarse y no sabe cómo, no tiene cómo.

No hay forma de castigar a los suicidas.

Quizás por eso se empecina con tanta vehemencia en señalar a Elena Villalba como responsable de lo ocurrido. Lo repite una semana después del entierro, cuando se ve nuevamente con la policía. En la soledad de su apartamento, le cuenta a un comisario que su esposo ha sido paciente de Villalba durante dos años. Asegura que su marido, en más de una ocasión, algo le comentó sobre las peculiares teorías que con frecuencia expresaba la terapeuta a propósito de la muerte, del legítimo derecho a terminar con su vida que tiene cualquier ser humano. La policía, sin embargo, desestima la acusación. El comisario insinúa que la denuncia podría reducirse a un simple asunto de celos, piensa que es normal que una viuda resienta de manera especial la relación entre su marido y una terapeuta mujer. También recuerda, en tono displicente, que los familiares de las víctimas suelen reaccionar de esa manera, que —frente a una muerte violenta— es natural buscar explicaciones rápidas, culpables externos. Y a veces no los hay, dice. A veces ni siquiera existen motivos, insiste. También hay personas que sólo matan por matar. Incluso a sí mismas, más o menos así concluye su informe.

Pero un mes después, Hilda vuelve a repetir lo mismo en una entrevista que concede a un medio digital tremendista, dedicado a explotar y distribuir notas rojas. Un periodista, acostumbrado a husmear en los archivos policiales, da con el expediente y —de manera instantánea— se interesa en el caso. Es un material perfecto para un medio digital que busca un escándalo que le dé notoriedad. Contacta a la viuda, remueve su indignación, hace unas preguntas melodramáticas y provocadoras, consigue un testimonio altisonante y deja abierta la posibilidad de una acción legal, de una demanda ante la Fiscalía. Una frase de Hilda, torcida por la sed del reportero, logra un titular impactante: "¡A mi marido lo mató su psiquiatra!".

No me atrevo a llamar al consultorio. La sola presencia de la doctora Villalba en las noticias me paraliza. Temo que, sin saberlo, tal vez yo también puedo ser sospechoso de algo. Cada día, cuando cruzo caminando frente a la vitrina llena de televisores, me ocurre lo mismo. Más que un paciente, siento que quizás soy un cómplice. He convertido la estrecha calle paralela en mi nueva ruta principal para ir cada mañana al trabajo. En el fondo, sé que es absurdo, que con un desvío no se puede acorralar y cazar una casualidad. No tiene sentido y me lo repito todo el tiempo: ¿y si aquel día esa mujer pasó por primera y única vez en esa dirección? ¿Y si sólo tomó esta ruta por puro azar, para ir a cualquier lado a realizar un simple trámite? No me importa. Me he obsesionado, necesito verla. Cada día comienzo a caminar por esta calle apretando los dientes, tenso, mirando hacia todos lados, esperando que, antes de llegar a la otra esquina, de pronto aparezca de nuevo. Siento cómo sube la temperatura de mi cuerpo. Las orejas se me ponen calientes.

Va a aparecer *en algún* momento.

Va a aparecer *de un* momento *a otro*.

Va a aparecer *en este* momento.

Repito oraciones así, casi a ritmo de marcha, como si fueran las frases de un himno. A veces me detengo frente al escaparate de una tienda pero no miro su interior, sigo con la vista estirada hacia adelante, en el ángulo difuso donde comienza o termina la calle. ¿Por qué no llega? ¿Por qué no veo su silueta, sus caderas, el resplandor gris dentro de sus ojos? Hace dos días, pasé casi diez minutos esperando, mirando ensimismado el reloj. ¿Cómo la fragilidad de una improbable coincidencia puede moverme internamente de una forma tan potente y salvaje? Mi propia ansiedad termina irritándome.

Esta mañana, de pronto y sin aviso, por fin aparece. Siento que mi respiración se evapora. Ahí está. Ella. Nuevamente. La misma forma de caminar, el mismo movimiento de su cuerpo avanzando directamente hacia mí. Con cada paso me descoloca. Siete letras y un acento: *vértigo*.

Está apurada. Trae entre las manos un teléfono que teclea velozmente. Al pasar junto a ella, la miro de forma fugaz pero con intención, como si tuviera una palabra en mis ojos. ¿Es un saludo? No. Pero casi. Es un amago, una posibilidad que se disipa antes de concretarse. Tiene fuerza inicial pero apenas es un apenas. Ella baja un poco la cabeza. Dos pasos después, me detengo. Me reclamo internamente mi actitud, mi timidez, mi torpeza. ¿Qué otra cosa se supone que podía o debía haber hecho en ese momento? ¿Pararme frente a ella y decirle hola, así como si nada? No. ¿Sonreírle? ¿Cómo? ¿De qué manera? El trámite me resulta agotador y, en realidad, ya es inútil. No puedo devolverme y cambiar mi gesto, mi casi, mi apenas. Todo ha ocurrido demasiado rápido y ya perdí la oportunidad. Me molesta haber deseado tanto la casualidad y, en el momento en que por fin ocurre, no haber sabido cómo reaccionar, qué hacer con ella.

Mi oficina es un espacio deplorable. En el mobiliario destaca un color azul opaco: las paredes, la pintura de los estantes de metal, el color del viejo archivador, el plástico que forra las dos sillas frente a mi escritorio… Todo parece tener el mismo tono, un azul derrotado por el tiempo y la negligencia, un azul sucio que parece combinar con el espíritu reinante en El Archivo: sólo la mediocridad permanece. Nunca caduca.

Sentado detrás de mi escritorio, me pongo a remover papeles sin buscar nada en especial. Ni siquiera enciendo la computadora. No sé dónde poner mi mal humor. Miro a mi alrededor, como si no mirara nada. Siento que ahora todo me sobra.

Tocan la puerta.

Imagino a Natalia o a cualquiera de mis compañeros del otro lado. Con cara de burócratas y un fajo de papeles en la mano. No respondo. Insisten pero yo sigo sin contestar. Es mi chance de sacudirme la rabia. Tocan de nuevo. Esa pequeña situación alimenta mi sed, mi sed de mal. Me hace sentir cada vez más fuerte, con el aliento lleno de pólvora. Sólo espero el momento perfecto para estallar. Tocan otra vez. Y escucho entonces una voz, la irritante voz de la secretaria del Director General. Es ahora. Es ya. Doy tres zancadas y abro la puerta con unas inmensas ganas de maltratarla, de hacer daño. Sin embargo, mi grito se queda congelado en la garganta. Todo mi ánimo guerrero se desinfla, se arruga. Ahí está la secretaria, asustada y nerviosa, pero junto a ella también se encuentra el Director General. Lleva traje y corbata. No sonríe.

La secretaria: una súplica en los ojos.

El Director General: una mirada severa.

—Tiene que acompañarme, Medina —dice—. La policía está aquí. Vinieron a buscarlo.

Son dos oficiales. Me esperan en una pequeña sala cerrada que queda junto al Departamento de Administración. Me saludan con la mano, dicen sus apellidos: García y Jiménez. Son apellidos simples, demasiado comunes. Intuyo que probablemente dentro de pocos días ya ni siquiera los recordaré. Quizás hasta sean falsos. Tal vez sólo son parte de una estrategia profesional. Apellidos elegidos para el olvido.

—¿Podría dejarnos a solas con él?

El Director General ha permanecido en la sala como si la cita fuera también responsabilidad suya. Ante la pregunta, parece un poco abochornado. En rigor, no es una pregunta. Es una instrucción disfrazada de pregunta. Y es obvio que al Director General le incomoda que lo inviten a salir de esa manera, pero no tiene posibilidad de maniobra. Me mira con cierto aire de superioridad. Pero se va.

Me siento en una silla y los dos oficiales se sientan frente a mí en un sofá de un plástico que aspira a ser cuero. García y Jiménez son bastante parecidos físicamente. Ambos son corpulentos, tienen el mismo corte de cabello, usan casi la misma ropa de color negro. Uno tiene la nariz más larga y afilada que el otro. Pero la principal diferencia está en el trato. Uno de ellos es formal, habla siempre con demasiado respeto, me trata de usted. El otro, en cambio, en un esfuerzo deliberado, intenta ser exageradamente informal.

—¿Qué edad tienes tú, chamo?

—En dos meses voy a cumplir treinta y tres. —Hablo mirando hacia el piso.

—Somos del Departamento de Inteligencia de la policía. Seguro se estará preguntando por qué vinimos a buscarlo.

Permanezco en silencio. Mi cabeza es un taco de madera.

—Estamos investigando a Elena Villalba. Sabemos que usted es su paciente.

No hallo cómo reaccionar. Me hubiera gustado tener una estrategia, algo ya planeado de antemano. ¿Cómo no lo pensé antes? He debido prever que esto podría pasar. Apenas vi la noticia, debí pensarlo. Es tan básico, tan elemental. Ante cosas así, uno siempre tiene que estar preparado para un interrogatorio policial. Los dos oficiales me miran, esperando alguna respuesta, pero yo me mantengo en silencio. Las sorpresas me inmovilizan. Sé que, después de unas horas, tendré claro cómo debí haber procedido, qué debí haber dicho, qué debí callar. Pero ya entonces no servirá de nada. Me pasa todo el tiempo. Cuando por fin sé qué decir, ya siempre es demasiado tarde.

—Lo que queremos es echar una conversada sobre tu relación con tu loquera. Hablar así, tranquilos, de pana.

—Sería muy provechoso que usted colaborara con nosotros en esto.

Digo que sí moviendo la cabeza, pero temiendo que ese ademán no sea suficiente. No es un sí con iniciativa, no es una respuesta llena de entusiasmo. García y Jiménez se miran. Quizás es el momento ideal para explicarles que no estoy ocultando nada, que simplemente yo soy así. En serio. Lo juro. Desde niño he tenido problemas para relacionarme con los demás. Me cuesta mucho. No sé hacerlo.

Pero al final no lo digo. Me quedo callado esperando más preguntas. García y Jiménez se miran otra vez. Comienzo a pensar que es un tic compartido.

Cuando salimos, la secretaria del Director General continúa ahí. Ha estado hora y media aguardando. Apenas nos ve, se aleja con pasos breves. Los dos policías se despiden, esta vez sin estrecharme la mano. Uno de ellos, Jiménez o García, me da una palmada en el hombro, casi en plan de rudo hermano mayor, y me dice algo como ya sabes, chamo, cualquier vaina, avisa. El otro García o Jiménez me extiende una tarjeta y sólo repite lo clásico, que si recuerdo algo, no deje de llamar.

Pienso: a veces la policía imita las películas.

No logro llegar a mi oficina: demasiado pronto, tropiezo con el Director General. Está al pie de la escalera, esperándome. A unos metros, agazapada tras una columna, se encuentra también su secretaria, observándome a la distancia, con receloso interés. Menuda e inquieta, parece un hámster vestido de verde.

Nunca he tenido buena relación con el Director General. Por el contrario, compartimos una incómoda historia juntos. Hace más de un año, en una asamblea de trabajadores, hubo un incidente que produjo un cortocircuito entre ambos. El Director General es un funcionario medio con pretensiones altas, ha salido en la televisión tres o cuatro veces, le encanta hablar, se siente a gusto repartiendo sentencias y pontificando sobre la historia; cada vez que puede, apela al orgullo que representa pertenecer a una "raza de héroes", formar parte de esta "patria bolivariana". Cree que la nacionalidad es una virtud.

Mientras lo escuchaba hablar, yo iba detectando y viendo las comillas en el aire. Es algo que siempre me ha gustado hacer. Descubrir los leves cambios en el tono de la voz, sentir los énfasis de la respiración sobre ciertas letras. Hay que saber escuchar las comillas. Quedan suspendidas en el aire por un instante pero, en ese segundo, pueden detonar un cataclismo.

Aquella tarde, aprovechando la reunión de todos los empleados, el Director General dio una pequeña conferencia sobre la naturaleza singular y épica de "nuestra identidad". Estaba eufórico y locuaz, iba pasando entre todos y, de vez en cuando, ponía su mano sobre el hombro de alguno y le hacía una pregunta.

Apenas comenzó con esta dinámica, me puse nervioso, temí que pudiera elegirme a mí, que pudiera llegar hasta donde yo estaba, que pudiera estirar su mano, que pudiera mirarme y lanzarme una interrogante. Odio estas situaciones. Quisiera esfumarme en el acto. Siempre he soñado con poder desaparecer de manera instantánea, cuando lo desee. Eso sería lo máximo. Un verdadero dios es aquel que se evapora cuando lo desea. Es el mayor poder que puede existir sobre la Tierra.

El Director General hablaba despacio. Su voz sonaba a mis espaldas, cada vez más cerca. Y, a medida que lo escuchaba, sentía crecer un raro calor en mi clavícula. Nunca he tenido facilidad para hablar en público. Me intimido con demasiada rapidez. Y, cuando por desgracia me he visto obligado a hacerlo, los resultados siempre han sido catastróficos. Hablo como si tuviera varias lenguas dentro de mi boca. Todas tropiezan entre sí, logrando producir sólo sonidos disparatados. O si no, también, me altero de tal modo que digo lo primero que se me cruza por la cabeza, sin ningún filtro. Me pongo tan nervioso que parezco un delirante, alguien descontrolado. Invariablemente, quedo como un loco o como un imbécil. Siempre ha sido así. Cuando era niño ni siquiera podía articular una palabra. Cada vez que llegaba a un lugar donde había varias personas desconocidas, enrojecía de manera escandalosa. Si alguien me hablaba, me ponía lívido, sin dejar de estar ruborizado, ofreciendo entonces una extraña combinación de colorada palidez.

El Director General vino desde atrás. Escuché claramente sus pasos sobre el piso de granito. Acababa de preguntarle a una empleada del área de seguridad algo sobre el plato más auténtico de la gastronomía nacional.

Que no me toque.

Que no me toque.

Que no me toque.

Los tacones de sus zapatos sonaban como clavos golpeando una piedra. En circunstancias así, también suelo sudar mucho y en lugares inusuales: detrás de las orejas, por ejemplo. Con frecuencia, además, me pican las palmas de las manos. Así estaba. Con las orejas mojadas y un escozor cada vez menos soportable entre los dedos. Sentí el peso del Director General sobre mi hombro.

Que sea un error.

Que me mire y siga de largo.

Que no pregunte.

Primero apareció su sonrisa y, luego, todo su rostro. Ya no tenía escapatoria. El Director General estaba frente a mí, mirándome. Era obvio que notaba mi molestia, mis nervios. Era obvio, también, que disfrutaba con la situación. Mi incomodidad le producía placer.

—A ver, a ver, Gabriel Medina... —Hizo una pausa, sonrió de medio lado, con leve sorna—. Usted que siempre anda tan calladito, ¿por qué no nos nombra alguno de los aportes fundamentales que Venezuela ha dado al mundo?

Todos: observándome atentos. Impúdicos.

Yo: extrañamente colorado. Rojo y pálido.

En mi cabeza, la pregunta se partió en varios pedazos, extraviando cada vez más su sentido. "¿Al mundo?". "¿Aportes fundamentales?". "¿Venezuela?".

Sólo veía comillas girando en el aire.

Traté de sostener la vista sin delatar nada de lo que realmente me ocurría. Pero el Director General, ante ese silencio inicial, sintió la necesidad de explayarse un poco más:

—Un aporte que a usted le parezca único, Medina. Un aporte de cualquier tipo. Algo esencial, distintivo, resaltante.

Sentí que mi cabeza se llenaba de insectos. Todo zumbaba innecesariamente. El Director General movió las cejas y se inclinó hacia adelante, ejerciendo aún mayor presión, haciendo evidente que estaba esperando una respuesta. Nunca supe de dónde salió la frase, pero no la pude retener. Empezó con un balbuceo que fue tomando forma y que de repente saltó disparada:

—¿El verbo *curucutear*?

El silencio duró muy pocos segundos. La expresión del Director General estaba rígida, congelada en una mueca de desconcierto. Se oyó una risotada al fondo del salón. Después, otro silencio, muy breve.

El mar se mecía detrás de mis orejas.

Las manos ardían.

—¿El verbo *curucutear*? —repitió incrédulo y en un tono totalmente distinto el Director General—. ¿Me está usted hablando en serio?

La saliva se secó al final de mi garganta.

Sí, en verdad estaba hablando en serio. El verbo *curucutear* siempre me ha parecido genial, único; tan sonoro, además, tan musical. ¿Hubiera mejorado la situación si, en ese momento, me hubiera detenido a explicarlo? Es difícil saberlo pero, en ese instante, no se me ocurrió, no lo hice. Lo pensé, por supuesto, después, unas horas después, cuando ya era inútil. En ese instante no supe qué responder. Moví un poco los hombros en un ademán ambiguo. Alguien soltó otra risa desencajada pero con más confianza, como invitando al resto de los presentes a deshacer de esa manera la tensa circunstancia. Y así ocurrió. Hubo más risas dispersas, comentarios, codazos; se produjo un tono general de comedia, como si sólo se hubiera tratado de una broma fallida, de una payasada personal con un desenlace levemente patético. El Director General alzó su mirada y la deslizó rápidamente sobre el grupo de empleados, evaluando qué hacer. Al final decidió sonreír también, aunque lo hizo forzadamente. Retomó su marcha y siguió hacia el centro de la sala, sin hacer más preguntas. Luego comenzó a hablar sobre la "gesta apocalíptica" de los próceres de la independencia.

La anécdota duró varios meses rebotando en los pasillos y, por más que intenté explicarla, nadie me creyó: casi todos los trabajadores de El Archivo asumieron que todo había sido un ardid mío para dejar en ridículo a la autoridad máxima de la institución, para burlarme públicamente del jefe.

Me detengo al llegar a la escalera. No tengo escapatoria. Obviamente, el Director General quiere saber qué pasa, por qué la policía ha venido a buscarme, sobre qué hemos conversado. Habla en voz alta, como para crear una situación humillante. Yo respondo con discreción pero sin dar detalles. Le digo que ha habido un error, que todo es una simple confusión. El Director General acota que los oficiales le dijeron que venían a interrogarme. Subraya con su saliva la palabra *interrogarme*. Le explico que precisamente eso hicieron. El Director General insiste, dice que le parece raro que el Departamento de Inteligencia Policial se confunda. Yo no digo nada. Y él repite que le parece raro, muy raro. Y yo repito que sólo fue un malentendido. Y el Director General, en tono más grave, casi amenazante, me advierte que puede hacer una llamada telefónica y averiguar la verdad. Y yo, entonces, asiento, sin saber qué más decir. Y él me mira con rabia e impotencia. Y yo lo miro tratando de ser inexpresivo. Y luego ninguno de los dos dice más nada. Nos miramos como si de repente se nos hubieran acabado las palabras.

La vida tiene secretos vasos comunicantes que, de manera inesperada, se abren y fluyen sin ningún vínculo visible. De regreso a mi oficina, de repente comienzo a conjugar mentalmente:

Yo curucuteo

Tú curucuteas

Él curucutea

Nosotros curucuteamos

Ustedes curucutean

Ellos curucutean

Los verbos, al menos en español, son por lo general bastante ásperos y directos. *Curucutear,* en cambio, tiene una musicalidad asombrosa, una cadencia distinta. Camino por la mitad del pasillo, pensando en esto, sonriendo.

Descubro que ser sospechoso tiene algunas ventajas. Es evidente que en El Archivo ya todos saben que la policía ha ido a buscarme, que me han encerrado en una sala especial y me han interrogado. Gracias a este pequeño suceso, de pronto he pasado a ser otro ante los otros. Me miran distinto. Algunos, incluso, de reojo, con temor. O con sospechas. Pero también con respeto, también con contenida admiración. De ser un funcionario anónimo y anodino, ahora soy un enigma. Y lo disfruto. Por primera vez, siento que puedo ser considerado un peligro. Hasta Jennifer, la muchacha que trabaja en el Área 7, me observa ahora con sensual curiosidad. Soy el centro de atención pero, además, soy un centro de atención disimulado, lo que me parece ideal, perfecto. Por el rabillo del ojo, logro ver a dos compañeros que me miran pasar y luego comparten murmullos. Natalia se me acerca y me pregunta en voz baja si todo está bien. También ella me trata de otra manera. Jamás había sido así, tan solícitamente cercana. Entra conmigo a la oficina, cierra la puerta con delicadeza y me pide que le cuente todo.

En algún momento, llegué a creer que entre Natalia y yo podía haber algún tipo de intimidad. Fue cuando recién comencé a trabajar en El Archivo. Natalia es una morena alta y firme, muy atractiva; tiene amplias caderas y senos pequeños, siempre está sonriente. A veces, al principio, intercambiamos miradas en la sala de juntas o a la hora de la entrada y de la salida. No eran miradas casuales, tenían algo más. Siempre se nota cuando hay un gusto en los ojos. Hay un brillo diferente, otra luz. En algún momento comencé a pensar que Natalia me deseaba. No estaba del todo seguro pero suponía que era muy difícil disfrazar el deseo. Después, sin embargo y sin ningún motivo definido, las expresiones de Natalia parecieron cambiar o empezar a decirme también otras cosas. Una vez nos quedamos solos en el ascensor y de inmediato Natalia retrocedió un poco, se retrajo, me miró con cautela. Sentí que se ponía en guardia, que asumía una actitud y una postura corporal defensivas. ¿Me tenía miedo o me deseaba? ¿Ambas cosas a la vez, quizás? ¿Acaso eso era posible? Es algo que me pasa con mucha frecuencia. Con todos y con todas. Nunca sé cómo leer a los demás. No sé percibir las señales de los otros. No sé qué me dicen, no sé si lo que creo que me dicen es realmente lo que me están diciendo, no sé lo que me quieren decir.

Natalia insiste, quiere detalles sobre lo que ha pasado con la policía. Intuyo que me conviene mantener la misma versión que le he dado al Director General.

No ocurre nada. Sólo es un malentendido. Una confusión.

Natalia se decepciona y se va.

Cuando por fin quedo solo, comienzo a sentir un alivio refrescante, como si una brisa líquida se moviera dentro de mi cuerpo. Sólo entonces puedo empezar a tratar de ordenar en mi cabeza lo que ha sucedido. García y Jiménez están sentados frente a mí. Amables pero al mismo tiempo distantes, educadamente amenazantes. Lo único que en realidad les interesa es la información que yo pueda darles. Quieren saber más sobre mis sesiones de terapia. Quieren saber todo sobre la Doctora Suicidio. Yo apenas digo dos o tres frases, con lentitud y pausas, inseguro y esquivo. Doy los datos puntuales que puede dar cualquier paciente. Siempre se miran uno al otro, como si fueran espejos. Es obvio que no están conformes con lo que les digo, necesitan más. De seguro sospechan que no lo digo todo o que hay algo que me guardo. Por eso se van y no se van completamente. Dejan sus sospechas flotando, dando vueltas a mi alrededor, colándose dentro de mi ánimo.

García y Jiménez tampoco me ofrecen un argumento, nunca dicen por qué están investigando a la doctora Villalba, por qué ella se encuentra detenida. En algún momento, me atrevo a preguntarlo y ambos quedan en silencio y luego vuelven a mirarse. Sólo quieren hacer preguntas, descubrir secretos. La situación me produce incertidumbre y temor. También pudor. ¿Por qué tengo que compartir con ellos mi vida privada?

Mauricio fue quien me recomendó a la doctora Villalba. Él es mi mejor amigo. Nos conocemos desde niños, estudiamos juntos primaria y secundaria; luego Mauricio eligió la carrera de Computación y yo me metí en la escuela de Geografía. Pero nunca perdimos el contacto, siempre seguimos viéndonos. Él tenía otros amigos y amigas, siempre aparecía con una novia nueva. Yo era un solitario. Hace dos años decidió migrar y se fue a vivir a Santiago de Chile. Antes de irse, pasamos toda una tarde juntos como cuando éramos adolescentes y gastábamos las horas en la azotea de nuestro edificio, conversando y mirando las nubes en el cielo. Ese día le hablé de la tristeza. Desde hacía tiempo, poco a poco había comenzado a sentir que estaba conviviendo con otra presencia, que algo había ido creciendo dentro de mí o conmigo, un algo que no sabía cómo describir, pero que siempre estaba ahí, que nunca me abandonaba. Ya no era una circunstancia sino una situación permanente, más que un estado de ánimo se había convertido en un modo de vida. Yo no *tenía* tristeza. No. Empecé a sentir más bien que yo *era* triste.

Pero tampoco se trataba de una sensación desgarrada, de una melancolía estridente. Por el contrario, era una tristeza mórbida que lentamente había terminado transformándose en mi propia naturaleza. Mauricio me escuchó y me preguntó si había ocurrido algo en particular, si sabía de dónde venía, cuál era la causa de la tristeza. No lo sabía. Era todo y nada a la vez. En algún momento, comencé a tener la sensación de encontrarme en un lugar y en un tiempo donde ya todo había terminado. Lo que veía y escuchaba me producía una gran pesadumbre. Nada tenía sentido. Y cuando empecé a pensar en todo esto, ya la tristeza estaba dentro de mí. Tan íntima y tan inexplicable como el aliento. Me definía.

Mauricio me sugirió ir a terapia. Lo rechacé de forma instantánea.

—Es como ir al dentista —dijo Mauricio—. No vas porque quieres. Vas porque no te aguantas, porque ya no soportas el dolor.

Y me contó que, después de varios chascos y desencuentros con otros terapeutas, Elena Villalba había sido un hallazgo, la profesional ideal con la que había podido conectarse y que realmente había logrado ayudarlo. También me dijo que tenía planes solidarios, que ayudaba a la gente sin recursos.

—Si le dices que no tienes plata, te hace un precio especial.

Me habló con tanto entusiasmo que terminé llamándola y haciendo una cita.

El jueves que me tocaba ir a mi primera sesión comencé a sentir una salvaje resistencia interior. La primera impresión, sin embargo, me agradó. Calculé que Elena Villalba tendría cincuenta años, quizás un poco menos. Era una mujer delgada, firme; evidentemente hacía ejercicio, se cuidaba. Vestía de forma elegante pero casual, con un pantalón liso de color gris y blusa azul claro. No sonreía como si quisiera venderme algo. Pero tampoco tenía una expresión seria, rígida. Se presentó con su nombre, dijo Elena y me extendió la mano. Me trató con naturalidad, me señaló un diván y, luego, se sentó enfrente, en una silla de madera. Me preguntó sobre mis expectativas, por qué había ido, qué esperaba conseguir en mi experiencia de terapia.

No supe qué decir.

La palabra *tristeza* se me quedó atorada dentro de la boca. La empujé con la lengua pero no logré moverla.

Me parecía pavoroso hablar de mi intimidad con una desconocida. No sabía nada de ella. Apenas acababa de verla por primera vez. ¿Quién era? ¿Estaba casada? ¿Tenía hijos? ¿Era feliz? ¿Acaso llegaba a su casa cada tarde y también iba corriendo a bañarse? La imaginé de pronto agobiada bajo la ducha, dejando que el agua limpiara y se llevara los restos de las palabras que había escuchado durante todo el día.

Permanecimos un rato en silencio. Yo quería salir huyendo, sentía una urgente necesidad de escapar. Ella parecía impasible. De pronto temí que nos quedáramos así todo el resto de la consulta, mudos, simplemente mirándonos.

Sudor detrás de las orejas.

Escozor en las palmas de las manos.

Hice un enorme esfuerzo y brotaron hacia afuera las primeras palabras que cruzaron por mi mente:

—Es como ir al dentista y quedarse con la boca cerrada, ¿no? —dije.

Busco información en el *site* de Ulises Trujillo. Es un periodista de voz cavernosa que casi todos los días cuelga un podcast nuevo sobre temas de nota roja. El delito es su especialidad. Supuestamente, tiene excelentes contactos dentro de las diferentes fuerzas policiales y militares, quienes —según asegura— con frecuencia le filtran informaciones tan secretas como fidedignas, primicias a las que nadie más puede tener acceso. No tardo mucho en conseguir un audio donde analiza el caso de la Doctora Suicidio. Desde las primeras frases, Trujillo sostiene que la detención de la psiquiatra responde a un "tema mediático".

Apenas escucho las dos palabras, veo las comillas.

La hipótesis de Trujillo, basada en sus conocimientos especiales sobre cómo funcionan internamente los cuerpos policiales y en el testimonio de una fuente anónima, es que en rigor no hay ningún tipo de pruebas que incriminen a Villalba pero que, sin embargo, el escándalo que se está produciendo en las redes sociales ha generado una presión exasperante y ha obligado a la policía a "fabricar" un expediente.

Otra vez las comillas. Pestañas en el aire.

En su programa, Trujillo asegura que los comentarios del influencer Roco-Yo han condicionado de manera determinante la investigación que se le sigue a la terapeuta.

Todo sucedió más o menos así: uno de los productores de los diversos contenidos del influencer leyó la entrevista donde la viuda de Luis Felipe Ayala acusaba a Elena Villalba de ser la responsable del suicidio de su esposo. A su equipo creativo le pareció un buen material para nutrir alguno de los espacios de Roco-Yo en distintas plataformas digitales. No investigaron demasiado y comenzaron a tratar de aprovechar el caso de la mejor manera, con el estilo de comedia que identifica a Roco-Yo. Así empezaron a circular algunas ocurrencias cínicas sobre las denuncias de la viuda, chistes que caricaturizaban y ridiculizaban la situación o que, estrujando la denuncia, pretendían hacer alguna sátira de otras realidades. Así, también, de manera natural, en alguna sesión diaria de trabajo del equipo del influencer, nació el apodo de Doctora Suicidio.

Mientras escucho el podcast, ingreso en un buscador y rastreo el historial de mensajes de Roco-Yo. Voy cotejando todo lo que oigo. El influencer es un joven desafiante. Su expediente digital está lleno de fotos suyas en diferentes posiciones, casi siempre con idéntica sonrisa. Pero ciertamente, durante un tiempo, se ha dedicado a estrujar a la doctora Villalba como uno de los temas esenciales de sus contenidos. El 27 de junio, a las diez de la mañana, Roco-Yo escribió: "Acabo de escuchar que tenemos en la ciudad una Doctora Suicidio. Me estaba afeitando y casi me corto la yugular". Al día siguiente, reprodujo una foto de un periódico que mostraba a un viejo cantante de pop venido a menos, vestido con chaleco y pantalones estridentes, totalmente pasado de moda. Su texto decía: "¡Doctora Suicidio! ¡Aquí tiene un paciente! ¡Apúrese! ¡Es una emergencia!".

Sus seguidores celebran las burlas, aportando mensajes jocosos, sumándose a las bromas.

Sin embargo, Roco-Yo no contaba con la reacción de Hilda, la viuda de Ayala. Indignada, unos días después, ella respondió con la furia y el melodramatismo suficientes para volverse viral y crear un movimiento de inflamable opinión pública en contra del influencer. Hilda no tenía ni usaba redes sociales, pero se enteró de Roco-Yo y de sus chistes gracias a la sobrina de una vecina. Fue ella también quien la ayudó a fraguar un contraataque. Hilda escribió desde una cuenta nueva, creada para reaccionar frente a la sorna de Roco-Yo. Con el nickname *Una Viuda Indignada,* colgó un único mensaje, un hilo herido, la respuesta de una mujer que se sentía maltratada y humillada. Lamentó que Roco-Yo se burlara de ella y de su tragedia de una forma tan cruel y le deseó, sinceramente, que jamás tuviera que pasar por una situación tan terrible como el suicidio de un ser amado. "Ojalá nunca tengas que vivir lo que estoy viviendo yo".

Rápidamente, el texto de Hilda se multiplicó y la imagen de Roco-Yo comenzó a ser cuestionada en las redes. Entre una viuda y un famoso, siempre gana la lástima o el resentimiento. Las masas no sólo se conmueven con el dolor de la víctima; también anhelan castigar el éxito del triunfador. La solidaridad puede ser una forma de venganza.

Roco-Yo se vio obligado a rectificar de inmediato y entonces comenzó a escribir de otra manera en sus plataformas. Trató de matizar todo lo que había dicho, pidió perdón sin pedir perdón, desvió la atención sobre su figura ofreciendo a la indignación popular otro objetivo: las autoridades. Reconoció públicamente que se había equivocado, que había frivolizado una tragedia. Publicó una foto suya con cara de remordimiento y —para demostrar su contrición— comenzó a promover una campaña para exigir a la policía y a la institución judicial que esclarecieran lo que había ocurrido y actuaran en consecuencia, de acuerdo con la ley. "No es posible que en este país —escribió— se suicide a la gente de esta manera". Dos días después, el debate en las redes era inmenso y agitado. Mucha gente quería opinar, contar una experiencia, subir una imagen. El incendio se había mudado y ahora estaba sobre Elena Villalba.

Lo que más me sorprende, sin embargo, es un comentario que el periodista añade casi al final de su podcast: señala que todo el escándalo mediático del caso le da al gobierno una magnífica oportunidad para explicar y justificar el aumento de "ese tipo de muertes" en los últimos tiempos.

Hundo mi dedo en las comillas.

Retrocedo la grabación, vuelvo a escuchar y oigo lo mismo.

Según Ulises Trujillo, se trata de una noticia que, gracias a la censura y a la autocensura, casi no aparece nunca en los medios de comunicación. Y especula que, tal vez, todo lo que ocurre con la doctora Villalba puede formar parte de una estrategia oficial, diseñada con asesoría extranjera en el Ministerio de Comunicación Popular, para conjurar el abrumador crecimiento del porcentaje de suicidas en el país.

Suena el teléfono.

No me hace falta mirar el identificador de llamadas, sé perfectamente quién es. Sólo una persona puede intentar comunicarse conmigo a esta hora de la noche. Dejo el podcast y atiendo. Mi padre comienza diciendo que no ha olvidado que no me gusta que me llamen por teléfono. Y luego aclara que es una excepción, que se trata de algo urgente.

Pienso: siempre es urgente.

Nuestras conversaciones telefónicas suelen ser muy desiguales. Mi padre habla y yo apenas respondo con monosílabos, si acaso con frases muy breves. Esta vez, como siempre, mi padre llama para pedirme que vaya a verlo. Me advierte que tenemos que hablar muy seriamente. Cuanto antes, mejor. Trato de cambiar el rumbo de la conversación y pregunto por mi madre. No hay respuesta. Sólo un silencio pastoso. Imagino a papá con una fruta muy grande dentro de la boca, mirando hacia otro lado. Está quizás en la cocina del apartamento, ha aprovechado que mi madre se encuentra en la sala concentrada en la televisión para ir a la cocina y tomar el teléfono y llamarme. Por eso habla en un tono bajo que desfigura un poco su voz mientras susurra frases desordenadas e insistentes: me pide que no nos veamos en la casa, dice que necesita que nos encontremos en otro lugar, promete que después me explicará todo. Parece muy impaciente. La impaciencia es en realidad su estado natural.

Mi padre me pide una fecha, una hora.

Yo sigo intentando sortear la cita. Tal vez, secretamente, me gusta sentir que puedo desesperarlo. Dejo pasar unos segundos, como si revisara mi agenda; después le digo algo sobre lo ocupado que estoy en esos días, y, finalmente, le aseguro que sólo podré ir a verlo el sábado que viene. No le doy más explicaciones y mi padre tampoco las pide. Ambos sabemos que es una manera de hundir la conversación. Yo suelo ir los sábados a visitar a mis padres. La llamada urgente es inútil, no implica ninguna alteración en mi rutina. Luego, ambos permanecemos callados. Es una prueba, una pugna soterrada para medir cuál de los dos puede tolerar más y mejor el silencio.

Escucho o creo escuchar la respiración de mi padre. Es un crujido lejano. Me siento fatal. No lo soporto.

—Si puedo ir antes, te aviso.

Y cuelgo de inmediato.

La ciudad amanece cercada por las nubes. Salgo de la estación del metro y vuelvo a meterme por la calle paralela, deseando encontrarme nuevamente con ella. Aunque cae una garúa, no llevo paraguas. No quiero que nada nos interrumpa. A medida que avanzo por la calle aminoro la marcha, como dándole tiempo. Al llegar a la esquina final casi estoy arrastrando disimuladamente los pies, como si mis zapatos fueran cortinas. Me detengo. Regreso con la mirada por todo el trayecto recorrido. Observo la otra calle de cada lado, esperando distinguir su figura, apurándose, posiblemente retrasada. Tampoco la veo. Pero entonces diviso a un hombre, apoyado en una pared. Su postura y su vestimenta me llaman la atención. Nuestras miradas se cruzan un segundo y siento que un metal líquido entra de golpe en mis venas. De manera instantánea, todos mis dedos se contraen, incluso los dedos de los pies dentro de mis zapatos. Doy media vuelta y, sin pensarlo, casi en automático, observo hacia el ángulo contrario: un hombre bajito, con una leve cojera, da pasos en redondo mientras gesticula y habla por su teléfono celular. En uno de sus giros, sin embargo, también nuestras miradas se tocan a la distancia y vuelvo a sentir lo mismo. Mi adrenalina se enciende.

Me están vigilando.

Avanzo veloz por la misma calle. Mi corazón también se apura, empieza a ir más rápido que mis piernas, rebota y tropieza con mis pulmones, se agita, brinca cada vez más. Miro de reojo hacia mi izquierda y luego hacia mi derecha: ambos hombres también han retomado la marcha, me siguen disimuladamente, por cada lado de la calle. No puedo evitar recordar la visita de los policías, las miradas suspicaces de García y de Jiménez, buscando mi colaboración, esperando una confesión: ¿qué sabe, qué puede decirnos sobre Elena Villalba?

Mis zapatos, cada vez más veloces, se deslizan sobre el pavimento. No los veo pero oigo cómo repican las suelas contra el asfalto. Siento que no son míos, siento que camino sobre los pies de otro.

Entro en El Archivo y en la sala principal me encuentro con un tumulto de empleados conversando, intercambiando expresiones y gestos de asombro. Por un momento, temo que la noticia de la Doctora Suicidio, y de mi relación con ella, ya se haya convertido en el chisme del día en la oficina. Natalia se acerca y deshace mi miedo: me avisa que ha habido una inundación en la zona C, un espacio amplio en los sótanos donde se acumulan los documentos y registros mercantiles de la región occidente del país.

Todavía temo que mis perseguidores también ingresen en El Archivo y me sigan buscando dentro de la institución. Doy vueltas rápidas entre mis compañeros, fingiendo que me interesa saber lo que ha ocurrido. A ciencia cierta, lo único que se sabe es que el agua de una tubería anegó por completo tres salas llenas de material. Las especulaciones giran en torno a la posible causa. Algunos hablan de la falta de mantenimiento general que tiene el edificio; hay quien asegura que hay cañerías oxidadas debajo de las paredes. Otros aluden a las constantes fallas en el servicio, se centran en la hipótesis de que cualquier tubo lleno de aire, al recibir la presión de una repentina llegada de agua, puede ceder fácilmente. Otros más —que son los menos— sugieren sin demasiado aplomo que se trata de una maniobra deliberada, un acto de sabotaje. Me voy calmando mientras deambulo y confirmo que quienes me seguían no han entrado al edificio. Escucho fragmentos de las conversaciones entre los otros empleados. Por un momento, me distraigo imaginando cajas de cartón hundidas en el agua, hojas sumergidas, flotando dentro del líquido; palabras mojadas, deshaciéndose. Como en mi ducha.

Llega un hombre gordo al que parece que le falta un bigote. Su rostro es insuficiente. Está contrariado. Viste de traje pero tiene la camisa abierta y la corbata en la mano. No hay duda de que viene de la zona afectada. Tiene la marca del agua a la altura de las rodillas. De ahí para abajo, sus pantalones se encuentran empapados, pegados a sus piernas. Los zapatos todavía están chorreando. Así se ve aún más fofo y, también, un poco ridículo. Es una imagen que contrasta con la gravedad con la que se expresa. Dice que trabaja como supervisor general de estructura en El Archivo. Explica que, aunque ya han contenido el flujo del agua hacia las instalaciones, la situación todavía no está del todo controlada. Han pedido ayuda a los bomberos y esperan su llegada de un momento a otro. Todavía no pueden siquiera calcular la proporción ni las consecuencias del daño causado. Tampoco es posible determinar las causas de lo ocurrido. Termina anunciando que, después de consultarlo con la directiva, se ha decidido darle el día libre a todo el personal, exceptuando por supuesto a los empleados de limpieza y mantenimiento que están directamente asignados a su cargo. Nos pide a los demás que abandonemos la institución pero —casi con un raro tono de ultimátum— también nos dice que al día siguiente todos debemos regresar al trabajo.

Salgo junto a Natalia del edificio. Ella está feliz con la inesperada noticia del día libre. Yo me mantengo alerta, estiro la mirada por distintos ángulos, buscando.

—Ayer, después de que te fuiste, te llamaron por teléfono.

—Ajá.

Pienso: *ajá* es una palabra pequeña y sin rumbo, una boya para mantener a flote la conversación.

Y sigo mirando a nuestro alrededor.

—Fue raro. Era una mujer. Sólo dijo que tenía un mensaje para ti.

La miro entonces con interés pero también con preocupación. No conozco a nadie que pueda llamarme a la oficina. Muy poca gente sabe que trabajo en El Archivo.

—¿Qué pasa, Gabriel?

Trato de camuflar mi aprensión con un comentario intrascendente sobre el tráfico, pero justo en ese momento diviso a lo lejos al hombre bajito con su leve cojera. Se encuentra del otro lado de la calle, mirándome. Me pongo más nervioso, no sé qué hacer. Cruzo el brazo sobre los hombros de Natalia y comienzo a caminar, arrastrándola suavemente junto a mí. Ella, cada vez más desconcertada, vuelve a preguntarme qué ocurre. No respondo, sólo sigo avanzando, manteniendo la misma postura y la misma actitud. Aunque no veo al otro sujeto, ya no tengo ninguna duda: es evidente que ambos me están siguiendo. De repente, como raptado por un impulso repentino, jalo a Natalia y la insto a que entremos en un almacén árabe. Es un local grande, con varios pasillos y distintos estantes donde abundan mercancías de todo tipo. Damos unos pasos, internándonos hacia el fondo. Natalia está asustada pero no la dejo hablar. Me despido apresuradamente, sin dar explicaciones. Recorro a zancadas la tienda y salgo por la puerta posterior que da a un callejón. Voy hasta la avenida y me subo en el primer autobús que pasa. Me agacho en un asiento en la parte de atrás, lejos de las ventanas, tratando de decidir rápidamente a dónde puedo ir.

Pienso: no me gusta la acción. Ni siquiera sé cómo narrarla.

Mi papá me espera en una pequeña terraza que se encuentra a un costado de una cafetería. Es un local sencillo, sin ningún tipo de lujos. Las sillas y las mesas son de plástico y muestran sin pudor que han sido castigadas por las lluvias y el sol de varios años. Él está sentado en un ángulo apartado. Con sus dedos termina de desmenuzar una servilleta, dejando pequeños jirones de papel alrededor de una taza vacía. Cuando me ve, extiende los brazos en un ademán que mezcla asombro y una queja:

—¡¿Quién te entiende?! ¡Ayer me dijiste que el sábado y hoy me llamas, todo apurado, diciendo que nos veamos ya!

—Me dieron el día libre en la oficina y aproveché. —Después de darle un beso en la mejilla, me siento junto a él.

—¿Quieres café?

—No.

Se queda en silencio.

—Como dijiste que era urgente… —añado. Y después junto las manos en actitud de espera, observándolo.

Mi padre duda un segundo, luego mira hacia un terreno baldío que está al lado de la cafetería y que funciona como estacionamiento. Un carro plateado rueda lentamente sobre la tierra, buscando un puesto con sombra. Tras un instante, lo suelta:

—Me voy a ir de la casa.

Evito mirarlo. Tampoco pestañeo. Sé que está muy atento a mis reacciones.

—Ya lo decidí. No hay marcha atrás.

Me mantengo impasible.

—¿No vas a decirme nada?

—Estoy esperando que termines. Te vas a ir de la casa porque... —Estiro la pausa, dejo que los puntos suspensivos hagan su trabajo.

Mi padre aprieta los restos de la servilleta en su mano.

—Tu mamá ya no quiere coger conmigo.

Hago un esfuerzo por mantenerme inexpresivo. Tras una pausa, acoto:

—No es personal. Quizás ya no quiere coger con nadie.

Mi padre hace un gesto con la mano. Es un movimiento ambiguo que no pretende decir nada en concreto.

—No quiere coger conmigo. Eso es lo que a mí me importa. Y ya me cansé. Yo necesito coger. Coño, se lo he dicho demasiadas veces. Se lo he explicado de mil maneras. Pero nada.

—¿Tienes una amante?

—No. Pero por eso mismo me voy a ir de la casa. Para buscarme otra mujer.

Con leve disimulo lo miro de arriba abajo, detallándolo. Tiene setenta y dos años pero aparenta más. Está despeinado. Los mechones de pelo gris caen desperdigados sobre lo alto de su frente. Sus cejas también parecen estar fuera de control. Algunos pelos blancos se alzan como bayonetas mínimas sobre sus ojos. No se ha afeitado en dos o tres días. Lleva puesta una camisa vieja, color cacao, amplia, que disimula pero no logra ocultar su barriga. No es obeso pero decididamente tampoco es un hombre atlético. Cuando dejó de ir a la universidad, comenzó a envejecer de golpe. Mi padre fue profesor en la escuela de Biología hasta que la crisis y las políticas del gobierno fueron ahorcando todo el sistema educativo. Llegó un día en que el dinero que gastaba en movilizarse para ir a dar clases era más que el sueldo que recibía. Ir a trabajar comenzó a ser una acción irracional. Aunque deseara hacerlo, era imposible. No tenía sentido trabajar para arruinarse. Luego llegó el momento de jubilarse. Con la pensión que le pagan puede comprar dos aguacates.

Mi padre se rasca la nariz, voltea y me mira de soslayo. Por un momento, trato de imaginármelo en el trance de un cortejo, intentando seducir a una mujer. Siento algo similar a un escalofrío.

—Coger es importante, ¿sabes?

Digo que sí. Necesito un vaso de agua.

—Pero tu mamá no entiende eso. —De pronto parece dudar si debe o no continuar con la confesión. Luego vuelve a hablar, bajando un poco más la voz—: Te juro que con ella lo he intentado por todas las vías posibles. Hasta románticamente. Una noche compré una botella de vino, le di una copita… ¡y, al final, después, tampoco quiso! ¡Me dijo que no!

Pienso: me gustaría poder apagar mis oídos.

Por suerte, una empleada se acerca a recoger la taza. Se demora tratando de juntar el reguero de franjas de servilletas; hay una mueca de reproche en su cara. Para como están los tiempos, esta manía de mi padre debe parecerle un derroche imperdonable. Él la mira sin disfrazar su impaciencia. Espera a que se retire para mascullar:

—Estoy viejo, lo sé. ¡Pero todavía funciono, carajo!

Yo no quiero saber detalles. Pero mi padre se inclina hacia mí, acerca su mano al borde de la mesa. Temo lo peor.

—Estamos hablando entre hombres, ¿no?

Sólo subo y bajo la cabeza.

—Quizás tú no lo puedes ver claro ahora pero, a medida que pasa el tiempo, la vida tiene cada vez menos sentido. ¿Qué estoy haciendo aquí, ah? Aquí, en esta mierda de país, en esta mierda de vida, ¿qué estoy haciendo aquí? ¿Esperando que pase algo, que venga un milagro y lo solucione todo? ¿O esperando un infarto? ¿O viendo a ver cuándo es que me va a aparecer un cáncer en algún lado? —se acerca aún más, me toma la mano, remarca algunos sonidos para darle mayor énfasis a la frase—: ¡Coger! ¡Coger me hace sentir vivo! ¡Todo lo demás me recuerda que me estoy muriendo! ¿Entiendes?

Está demasiado cerca, me mira directamente. Huelo su aliento: café y saliva. Saliva de viejo. Me sorprende. Me desagrada. Me produce rechazo. Pero también de alguna manera me conmueve.

—¿Entiendes?

Apenas puedo murmurar una afirmación bastante débil.

—¡Por eso es que estoy desesperado, coño!

La exclamación le raspa la garganta. Primero carraspea, luego comienza a toser.

—¿Te pido agua?

Mi padre dice que no con una mano mientras sigue tosiendo. Un poco después, se recupera.

—Aquí son unos ladrones. Cobran una botellita de agua como si fuera oro. —Aspira una buena bocanada de aire—. Ya pasó, ya estoy bien.

Nos quedamos callados durante unos momentos. Yo me entretengo mirando de nuevo hacia el terreno baldío. Cuento mentalmente el número de vehículos que están aparcados sobre la tierra seca.

—Te digo todo esto porque quiero que estés pendiente de ella.

—Lo sé.

—Se va a quedar sola, quizás se deprima. Vas a tener que venir más a la casa, a verla, a estar con ella.

Empujo con suavidad mi cabeza. Como si flotara sobre mi cuello, mansamente. Pasan unos instantes. Agradezco el silencio.

—Lo siento mucho, en verdad. Pero ya no puedo más.

Cruza las manos sobre sus piernas y me mira. Es inevitable. Tengo que decir algo.

—¿Qué vas a hacer? ¿A dónde vas a ir?

—Aún no lo he decidido; estoy viendo varias opciones.

—¿Cuáles opciones? —insisto, aun sabiendo que la pregunta de seguro le parece exasperante.

—Varias —sentencia.

El sonido de dos cornetas de automóvil y unos gritos nos distraen brevemente. Ambos volteamos hacia el baldío. Dos carros se interrumpen mutuamente el paso. Los conductores se asoman por las ventanas, se gritan, agitando sus manos. Finalmente, alguien que parece ser el encargado de ordenar el espacio se acerca y habla con uno y con otro, calmando los ánimos. Los dos volvemos a mirarnos. Mi padre ya tiene otra actitud. Su postura sobre la silla, incluso, es distinta. Puja media sonrisa, me golpea el hombro queriendo ser cordial, tal vez cariñoso.

—Y tú, ¿qué? ¿Sigues sin salir con nadie?

No puedo evitar crisparme. ¿Por qué justo en este instante hace esa pregunta? Es un contraataque. Necesita quitarle peso y densidad a lo que ha dicho, restarle importancia a su confesión y tratar de poner de relieve lo que cree que son las carencias personales de su hijo. Mi falta de pareja. Es todo un tema para él. Cada vez que puede, de distintas formas, lo expone. Ahora vuelve a hacerlo. Y me mira como diciendo que su vida no está tan mal, como exigiendo que no lo compadezca, como dejando claro que los dos estamos más o menos igual.

Respondo sin pensarlo:

—Ahora estoy saliendo con alguien.

Es una reacción infantil, estúpida, pero no la puedo detener. Me defiendo desafiándolo. Y de hecho logro desestabilizarlo un poco. Parece desconcertado. Me mira con asombro e incredulidad.

—¿En serio?

No respondo.

—No me habías dicho nada. ¿Y de dónde la sacaste?

—No la saqué de ningún lado, papá. La conocí en… —dudo, me arrepiento de haber empujado la conversación hasta este punto—, en una calle, por casualidad. En una calle cualquiera, cerca de mi trabajo.

Mi padre se queda pensando, como si la respuesta de alguna manera lo iluminara.

—¡Excelente! —susurra—. Quizás yo debería hacer también eso. Yo debería conocer a una mujer por casualidad, en cualquier calle —voltea de nuevo a verme, sonríe—. ¿Cómo se llama?

Vuelvo a pasear la vista sobre el baldío. No tengo la respuesta. Mi padre espera unos segundos.

—¿No tiene nombre?

—No te lo voy a decir. Todavía no es algo serio, papá. Apenas estamos empezando a salir —contesto, apremiado. Y de inmediato me siento absurdo, patético.

En el viaje de regreso, el autobús va casi vacío. Yo me siento incómodo, triste. Hace cuatro años que mis padres tomaron la decisión de mudarse a los suburbios, a una zona más tranquila y sobre todo más barata. De un terminal a otro, el trayecto puede durar un poco más de una hora, si no hay tráfico. Los fines de semana el viaje siempre es más rápido. Llevo años yendo a verlos por lo menos dos sábados al mes. Pero estas visitas fuera de la rutina siempre me dejan agotado.

Miro el reloj. También sé perfectamente lo que está por suceder. Ya es parte de la ceremonia familiar. Las conversaciones con mi padre siempre terminan de esta manera. Agarro el teléfono justo un instante antes de que comience a sonar. Y entonces el teléfono suena. No necesito ver el número en el identificador de pantalla. Atiendo saludando.

—Hola, mamá.

—¿Ya?

—Sí. Ya. Debe estar por llegar a la casa. Yo estoy en el bus, regresando.

—Está bien —suspira, como si le cansara un poco esta rutina—. ¿Y? ¿Qué te dijo hoy?

—Que se va de la casa.

—¡Ah! Te tocó eso.

—Quiere buscarse una amante. Necesita coger, ya sabes.

—Sí, sí, claro. —Mi madre hace una pausa y retoma luego con un tono más cariñoso, maternal—. Te agradezco tanto esto, Gabriel. Sé que para ti es un fastidio tener que moverte, venir hasta acá a verlo y escuchar lo que dice.

—No te preocupes.

—¡Hablar contigo le hace tanto bien! Luego regresa a casa de mejor humor, más tranquilo.

—Lo sé.

Han pasado varios días y no he vuelto a ver a mis perseguidores. Es peor. Más que tranquilizarme, me siento nervioso y desconfiado. Temo que, quizás, han sido sustituidos y que cualquier persona con la que me cruzo puede estar ahora cumpliendo la misión de vigilarme: la señora que se asoma a la puerta del edificio empuñando una escoba y mirándome con suspicacia; el vendedor ambulante que me sonríe mientras empuja un viejo carro de supermercado con algunas mandarinas; el flaco de pelo largo que camina unos pasos delante de mí y que, curiosamente, voltea dos veces a mirarme; el hombre que me observa con descuido tras el volante de un automóvil descascarado… Todo el mundo puede ser un espía. Sólo se necesita mirar. La ciudad está llena de gente que mira.

He empezado a caminar de forma distinta, como si me empujara una prisa interior, como si llevara los zapatos en los pulmones. Lo único que me calma es encontrarme con ella cada mañana. Cruzarnos en la calle se ha vuelto un rito indispensable para mí. Cada vez tengo más precisado el instante en que puede producirse nuestro diario y casual encuentro. Sé que, entre las siete y cincuenta y dos y las ocho cero tres, invariablemente ella aparece en la esquina sur y avanza apurada por la calle. Me empeño en estar siempre a tiempo, entre esos exactos minutos, esperándola.

Después de la conversación con mi padre, he pensado cada vez con más frecuencia en su nombre. ¿Cómo puede llamarse? ¿María, Selena, Tibisay, Ariana, Julia, Teresa? Todavía no hay un nombre que calce con su cuerpo.

Lo de los nombres siempre me ha parecido un gran enigma. Al nacer, mi padre quería que yo me llamara Eduardo. Mi madre se opuso. Nunca dejaré de agradecérselo. Hubiera sido una enorme desventaja inicial. Nunca hubiera logrado identificarme con ese nombre. Yo jamás hubiera podido ser un buen Eduardo, un Eduardo más o menos estable, más o menos feliz. Es muy importante que el origen de cualquier cosa sea un buen nombre.

La veo venir apremiada, como si realmente estuviera buscando un nombre.

Estoy haciendo tiempo frente al escaparate de la vieja farmacia. Miro una hoja de papel que han pegado sobre el vidrio. Hay una sola línea escrita a mano: "No hay paracetamol". Cuando ya está cerca, doy un paso de forma discreta para dirigirme hacia ella y volver a fingir un azar.

Yo esperaba que ese movimiento reiterado fuera suficiente. Creía que vernos así, cada día, nos conduciría inevitablemente a estrechar nuestra relación. Pero no ha sido así. Paso a su lado y le sonrío. Ella sonríe pero sigue de largo, como si nada. Suelo justificarla pensando que está apurada por llegar a su trabajo; de seguro tiene un asunto pendiente, una reunión importante. Con sólo verla me siento mejor. Pero no es suficiente. Estoy insatisfecho. Cada vez quiero más.

Apenas entro en El Archivo, Natalia me avisa que debo ir a su oficina: alguien me está llamando por su teléfono. Otra de las consecuencias de la inundación es el descontrol absoluto de la central telefónica. Hay dos teorías: la primera sostiene que el torrente de agua aflojó y separó buena parte del cableado subterráneo; la segunda supone que el agua arruinó los contactos y los empaques de una de las cajas de conexión de muchas de las líneas que funcionaban dentro de la institución. Es probable también que estén sucediendo ambas cosas. Lo cierto es que las comunicaciones son un desastre. Desde hace varios días el teléfono de mi oficina es un cadáver plástico. En mi zona de trabajo sólo sirve, y de manera un tanto caprichosa, el teléfono que está en la oficina donde trabaja Natalia.

—Creo que es la misma mujer que te llamó hace unos días.

Natalia se sienta en su silla y me mira, esperando que yo atienda y hable. El auricular está tendido sobre el escritorio. Es un aparato viejo de un color indefinido. La situación me resulta engorrosa. No sólo me inquieta la llamada, la supuesta mujer que con insistencia ha estado buscándome. También me incomoda la presencia de Natalia; la manera en que está sentada delata claramente que no piensa moverse. Desde el día de la inundación, cuando la obligué a entrar al almacén árabe y luego la abandoné de forma abrupta, su actitud hacia mí ha cambiado. Está recelosa, suspicaz. Me mira desafiante. Es evidente que quiere escuchar.

—Buenos días.

—¿Gabriel Medina? —una voz gruesa arroja la pregunta con nerviosismo.

—Sí.

—Hablo de parte de la doctora —la mujer duda un segundo y luego aclara—: También soy su paciente. Ella me pidió que te llamara.

Una acidez fría me pisa la lengua. La mirada atenta de Natalia sigue sobre mí. Doy la vuelta pero aún puedo sentir sus ojos clavados en la nuca. No sé qué responder. Trato de pensar rápidamente. La mujer espera en silencio del otro lado de la línea.

—Entiendo —digo al fin.

Es como no decir nada.

—Quiere que vayas a verla este sábado. Las visitas son los sábados.

—Ajá.

¿Otra vez? ¿Acaso no se me puede ocurrir nada más? Me lo reclamo de inmediato. Natalia vuelve a moverse a mis espaldas. Las ruedas de su silla producen un sonido particular. Ha fraguado una acción artificial tan sólo para poder mirarme a la cara, para tratar de descifrar la conversación a través de las expresiones de mi rostro.

—Si me dices que sí, yo le aviso, para que ella pida que anoten tu nombre en la lista. No cualquiera puede visitarla. Hay una lista. Si no estás ahí, no te dejan entrar. Por eso estoy llamando.

Mientras la escucho, mi mente se mueve por otros lados. Trato de impedirlo pero no lo logro. La mujer habla de algo concreto, de un plan preciso, y yo me escapo por su voz. La imagino sentada en el diván, hablando frente a la doctora. Es una mujer de treinta y ocho años de edad. Quizás es atractiva pero ahora está demasiado flaca y ojerosa. Su pequeño negocio se encuentra en quiebra, su vida no es ya lo que ella espera ni tampoco será nunca lo que alguna vez soñó. No tiene pareja y la mayoría de sus amigas se han ido del país. Se siente sola y triste. No tiene ganas de hacer nada.

—¿Estás ahí todavía? Se me acaba el tiempo. ¿Qué le digo a la doctora? —la voz insiste, ansiosa.

De noche, bajo la ducha, sigo pensando en esa mujer. Su voz me persiguió durante toda la jornada, salimos juntos de la oficina, viajó a mi lado en el metro, entró a la casa, se desnudó conmigo y nos metimos los dos bajo la regadera. Hay algo de angustia en ella que me conmueve.

Me siento con una taza de café en mi escritorio y decido volver a hurgar en la marea de datos que puede ofrecerme la computadora. Roco-Yo insiste en el caso. Anuncia que ha decidido hacer una cruzada y desenmascarar públicamente a Elena Villalba. Asegura que ya ha descubierto otra muerte alentada por la Doctora Suicidio y, como si fuera un acertijo, invita a sus seguidores a participar, a seguir las pistas que va a ir dando en sus redes sociales sobre el supuesto nuevo caso que ha encontrado. Dice que se trata de un hallazgo importante y, como prueba, ofrece la foto de un documento borroso que, sin embargo, parece tener estampados los sellos oficiales.

Los años en El Archivo me han hecho experto en cualquier tipo de sellos oficiales. Agrando la imagen, la separo, la ubico en el sistema y, una hora después, ya estoy hundido en la plataforma digital de la Fiscalía General de la República, intentando encontrar un caso que supuestamente implica a mi psiquiatra. El buscador me obliga a ir cronológicamente y eso hace que la faena sea aún más engorrosa. Finalmente, llego a un día de octubre, de hace cinco años, y encuentro una demanda que exige que se investigue a Elena Villalba. La acusan de estar directamente relacionada con el suicidio de Raquel Sayago, una mujer de setenta y dos años que la tarde de un viernes se encerró en un cuarto a dormir con una nube de gas.

Mientras investigo, me sorprende descubrir que existe una legislación para este tipo de acciones. El delito se llama inducción al suicidio y está tipificado desde hace tiempo en el código penal. También, en otro aparte de la ley, se establece una responsabilidad cuando una persona auxilia a un suicida, cuando de alguna manera se comprueba que alguien ha ayudado a otro a matarse.

Exploro también en los periódicos de la época. Necesito referencias, datos, fotos, testimonios, incluso especulaciones, relacionados con Raquel Sayago. Necesito tener un relato de su vida, de aquel viernes cuando se encerró en una habitación y, sin avisar nada, dijo adiós para siempre.

Comen juntos el domingo. Como todos los domingos. Es algo que hacíamos con frecuencia, dice Cecilia. Pero ni ella ni su padre recuerdan nada excepcional de ese domingo. Es un domingo como cualquier otro. Arturo cocina carne a la parrilla, yuca hervida, ensalada criolla. Beben cervezas y vino tinto. Luego los tres recogen todo, se acompañan; mientras Raquel lava los platos, Cecilia y su padre permanecen en la cocina, conversando. El tema es una vecina que —después de veinte años de matrimonio— ha abandonado a su marido. Es un simple chisme; tampoco hablamos demasiado sobre eso, acota Cecilia. En algún momento, Raquel dice que tal vez sería bueno adoptar un perro. Hay muchas mascotas abandonadas en la ciudad. Arturo pregunta jocosamente quién se va a hacer responsable de la mierda del animal. Nadie dice nada más.

La falta de detalles en la memoria los oprime. Es un peso invisible pero asfixiante.

Cecilia no se lo puede creer. Hasta ese momento, estaba segura de que tenía una relación cercana y profunda con su madre. Siempre estábamos en comunicación permanente, dice. Las dos hablaron por teléfono la noche anterior. No noté nada particular, repite varias veces. Como si necesitara internamente insistir en ello, dejar claro que nunca hubo una señal previa. Rubén, su otro hermano, dos años menor, vive afuera. Tuvo que salir del país después de las manifestaciones del 2017. No puede regresar. Debe enterarse de todo por teléfono. El padre está mudo y a Cecilia le toca hablar. Detesta ese instante. Detesta tener que pronunciar la frase. Son palabras agrias, ácidas, que queman el paladar. No hay manera de decirlas bien.

Mamá está muerta.

Mamá se mató.

Mamá se suicidó.

Practica frente al espejo del baño, llorando.

Rubén tarda en reaccionar. Cuelga y, minutos después, es él quien llama. No entiende nada. Está ofuscado. Se siente impotente. También llora. Tarda un rato en preguntar cómo está su padre.

Arturo Hernández es un hombre con formato. Fue educado para tener una estructura, para organizar la existencia en una hoja de cálculo, para planificarlo todo y combatir lo eventual. Los domingos eran —por definición— el día de la familia. Cuando los hijos se fueron de la casa, pasó a ser el día de la pareja. Cada semana, Arturo trataba de armar un plan diferente: un paseo, una ida a un lugar especial, incluso dentro de la misma ciudad; una visita o encuentro con un familiar lejano o con unos amigos… O, si no, invitaba a sus hijos a la casa. Todo cambió cuando detuvieron a Rubén en las protestas. Pasó unos meses preso. Hubo que pagar mucho dinero para garantizar su protección en la cárcel y para que un abogado con conexiones pudiera obtener su libertad condicional. Luego también tuvieron que gastar más plata para que lo sacaran del país de manera clandestina, por la frontera. Después, la familia se redujo a los tres: Arturo, Raquel y Cecilia. Pero las rutinas continuaron siendo las mismas. El domingo antes del suicidio era un domingo tan igual como cualquier domingo de la vida. Por eso les parece inverosímil.

Los primeros cuatro días de la semana transcurren como siempre, en inmutable rutina. Arturo va a su trabajo en una firma de contadores, Raquel se queda en la casa. El martes por la tarde, Raquel sale a caminar al parque con una vecina. El miércoles en la mañana es el día que llega el agua y se dedica a lavar ropa. El jueves va al mercado de calle a tratar de comprar verduras baratas. El viernes, un poco antes del mediodía, toma la bombona de gas que está en la vieja parrillera y la lleva al cuarto de servicio de la casa, una habitación pequeña y sin ventanas donde solía planchar la señora que, una vez por semana, iba antes a ayudarla con la limpieza. Cierra con llave la puerta y tapa con cinta adhesiva todos sus bordes. Destraba la manivela de la bombona y se acuesta en el suelo. El estudio forense calcula que murió una hora y media después. Arturo llega de la oficina y se extraña al no encontrarla en ningún lado. El olor lo conduce hasta el cuarto de servicio. Tiene que tumbar la puerta. Cuando la ve tendida sobre el suelo siente de pronto que está flotando, que los dos están sostenidos por el vacío. Ella dormida y él, fatalmente, de pie, mirándola. Se le encapota la vista. Pierde todos los colores.

Raquel no deja un papel escrito. Ni un correo electrónico. Ni una mínima nota. Nada. Su marido y sus hijos no saben cómo enfrentar esa ausencia de palabras. Es una desaparición sin argumentos. Arturo comienza a hurgar en sus recuerdos, repasando mentalmente cada momento, organizando escena tras escena la película de los últimos días, de los últimos meses, del último año. Es un filme que, cada minuto, se hace más largo y desesperante. Busca debajo de los gestos más inocuos, intenta relacionar cualquier detalle con algún tipo posible de melancolía, teje hipótesis audaces sobre secuencias aburridas y aparentemente bucólicas. Todo es inútil.

Hasta que Cecilia encuentra una pequeña pista. Las últimas palabras que escribe su madre son un mensaje de texto dirigido a un número desconocido: "Tenías razón. Muchas gracias". Dos frases breves que, puestas en el contexto de lo ocurrido, adquieren un sentido especial, son tan enigmáticas como atemorizantes. La policía investiga y logra averiguar que el teléfono celular pertenece a Elena Villalba. De esta manera, la familia descubre que Raquel ha estado yendo a terapia. El desconcierto es aún mayor. ¿Por qué iba? ¿Para qué? ¿Y por qué, además, lo ocultó? Todos se indignan. Rubén, enardecido, llama por teléfono desde Guayaquil. Grita y llora, en pláticas interminables, reclamando una respuesta. Tiene que haber algo. Necesitan una causa, las señales de un prólogo que todavía no conocen. Se resisten a aceptar que puede haber suicidios inesperados.

Cecilia decide ir a hablar con la psiquiatra. Arturo se niega a acompañarla. No puede digerir todavía lo que está sucediendo. No lo entiende y, por lo tanto, no lo perdona, no sabe cómo manejarlo. Después de muerta, su esposa se ha convertido en otra, en una Raquel distinta. Ya no sabe con quién vivió tantos años. Siente que toda la historia de ambos es una fantasía y que la nueva Raquel, la que está muerta, es la auténtica, la única real. Y no la conoce, no sabe quién es, no puede buscarla, no va a encontrarla jamás.

La reunión con Elena Villalba no es lo que Cecilia espera. La terapeuta, al principio, se muestra amable y solidaria, comparte alguna información general, le cuenta que su madre estuvo asistiendo durante casi un año a las sesiones. Le explica que es parte de un servicio social que tiene un grupo de terapeutas. Nunca cobran nada. Es un voluntariado. Aun así, Cecilia está molesta, desconcertada. No entiende por qué su madre llevaba esa experiencia de manera clandestina. La psiquiatra, entonces, se muestra ambigua, no comenta nada al respecto. Cecilia insiste, trata de presionar, pero sólo logra que la doctora Villalba establezca una sutil aunque contundente distancia. Cecilia se desespera, la interroga más airadamente, trata de forzarla a dar informaciones precisas y personales, pero la terapeuta se niega, alude al secreto profesional y al respeto de la privacidad de sus pacientes. Cecilia sale enfurecida. Semanas después, un amigo abogado la anima a introducir una solicitud de investigación ante la Fiscalía General de la República.

Algo así debió ocurrir.

Pienso: los suicidas son incómodos. No son plenamente víctimas porque al mismo tiempo también son sus propios verdugos. No sabemos qué hacer con los asesinatos que no son crímenes.

Roco-Yo no piensa lo mismo. "Esto sólo es la punta del iceberg", escribe en una de sus cuentas. También muestra una caricatura de la doctora Villalba con los ojos desorbitados y una sonrisa siniestra, sentada sobre una montaña de esqueletos. Debajo del dibujo, pone una pregunta: "¿Pacientes o víctimas?".

Suena el teléfono.

El timbre me mueve de la cama. Casi doy un salto, azorado.

—¿Te interrumpo? —mi padre arrastra su voz grave del otro lado de la línea.

—Estaba leyendo.

—¡Ah! ¡Qué bueno! Pensé que estabas ocupado.

Soporto en silencio. Sé que su excusa no tardará en aparecer.

—Es algo urgente.

Y entonces mi padre me habla de un negocio, de una oportunidad única, de un chance fabuloso pero secreto. Por supuesto: necesita que nos veamos y que lo hablemos personalmente. Arrimo las excusas de siempre, apelo al trabajo, digo que estoy muy ocupado en estos días. Mi padre insiste y yo sigo reculando.

—Pero vendrás este sábado, ¿no? —pregunta, ya en la fase de resignación.

—No, este sábado no. Voy a ver a mi psiquiatra.

Es mi desquite.

Sé que esta respuesta le molesta. Percibo un breve silencio hostil hasta que, finalmente, deja caer una frase contrahecha. Le parece muy extraño que un psiquiatra trabaje los fines de semanas, algo así rezonga. No aclaro nada. No respondo.

Tras una breve pausa, apuro un monosílabo de despedida y termino la llamada.

A mi padre siempre le desagradó que yo fuera a terapia. Piensa que es una estúpida forma de perder el tiempo y el dinero. Mi padre dice que cualquier persona, vista de cerca, está mal de la cabeza. Aunque no lo verbaliza así, cree que la normalidad no existe, que es una ficción. Piensa que la locura es tan común y natural como el aburrimiento o la caspa.

Cuando yo era niño y empezaba a mostrar graves problemas de timidez y a tener terribles dificultades para relacionarme con los demás, mi padre jamás pensó en llevarme con un psicólogo. Enfrentó la situación de otra manera. No pudo hacer nada con el rubor, con ese enrojecimiento inmediato que padecía su hijo cada vez que se sentía cerca de la gente, pero me ayudó a controlar las lágrimas. Al principio, sobre todo cuando empecé a interactuar con desconocidos, se me aguaban con frecuencia los ojos y a veces sentía unas incontrolables ganas de llorar. Una tarde, al llegar a la casa, después de una reunión con amigos de la familia, nos encerramos los dos en su habitación. Mi papá se puso en cuclillas frente a mí y me dio un pequeño puñetazo en la barbilla. Sorprendido, de forma instantánea, apreté la mandíbula. Mi padre entonces asintió, satisfecho, y me dio otro golpe. Y otro más. Luego me ordenó que pestañeara. Muchas veces. Rápidamente. Y así seguimos un buen rato, él golpeándome y yo pestañeando, hasta que se puso de pie y con cariño me tocó la cabeza. Me dijo que desde ese momento en adelante debía hacer eso mismo. Que cada vez que sintiera que se me iban a aguar los ojos o que iba a llorar de forma automática, debía apretar la mandíbula y pestañear rápido y seguido. Me aseguró que eso detendría las lágrimas.

Si no, vas a estar jodido toda la vida, masculló antes de salir del cuarto.

Otra variable de su método consistía en ponerme en circunstancias límites frente a desconocidos y, de esa manera, obligarme a superar la timidez. Un día fuimos a la zona industrial de Petare. Mi madre estaba buscando una fábrica textil donde, supuestamente, encontraría la tela que necesitaba para coser unas cortinas. Tenía la dirección y ya sabía dónde estaba ubicada. Pero, aun así, mi papá se detuvo en una esquina, miró hacia un edificio en construcción donde había un grupo de obreros conversando. Se volteó y me pidió que fuera con ellos y les preguntara si sabían dónde quedaba la fábrica textil. Mi mamá y yo protestamos. Ella sabía perfectamente dónde se encontraba y cómo llegar. Yo estaba asustado. En ese momento tendría seis o siete años. Mi papá alzó la voz, furioso, me mandó bajar del carro y obedecerlo, hacer lo que había indicado. Tuve que ir, lloroso, nervioso, enrojecido, entrecortado y balbuceante, a hacer una pregunta cuya respuesta ya conocía. Y lo hice. Sin levantar la vista del suelo. Cuando regresé, mi papá miró a mi mamá con regocijo, con orgullo; le explicó que el problema no era la fábrica, que el problema era el niño. Dijo que me estaba curando.

Esa noche los escuché pelear. Era tarde y los dos suponían que yo ya estaba dormido. Se encontraban dentro de su habitación, discutiendo en voz alta.

—¡El niño es como es, carajo!

—¡Eso no es un argumento!

—¡Lo que trato de decir es que no puedes obligarlo a que sea de otra manera! ¡Es tímido, coño!

—¡Yo no estoy tan seguro de que sea sólo eso!

—En todo caso, ¡no lo vas a ayudar tratándolo así!

—¡Es por su bien!, ¿por qué no lo entiendes?

Me escurrí hasta la sala, donde estaba una pequeña biblioteca. Me subí en una silla para alcanzar el estante más alto y poder agarrar el diccionario. La definición quedó impresa en mi memoria.

Tímido: del latín *timidus*.

Temeroso, medroso, encogido y corto de ánimo.

¿Eso era yo?

Muchos años después, cuando le conté que comenzaría a ir a una terapia, mi padre lo sintió como si fuera una traición, como si le estuviera restregando en la cara su fracaso. Aún puedo ver claramente la imagen de mi papá en ese momento, su rostro apretado, su boca curvada, la mirada de reproche. Acababan de mudarse al nuevo apartamento fuera de la ciudad. Yo estaba visitándolos. Lo comenté de la manera más natural posible pero no tuve éxito. La noticia arruinó la comida, mi papá no volvió a decir una palabra. Incluso cuando me fui, me despidió tan sólo con un leve ademán, levantó un poco la mano sin despegar los ojos del televisor. Después, siempre actuó como si yo jamás le hubiera dado esa información. Ni siquiera se interesó en saber con qué terapeuta iba, cómo avanzaba la experiencia. Nunca me dijo nada más al respecto. Finalmente, quizás eso es una ventaja, una gran ventaja. No puede asociarme a Elena Villalba. Si mi padre llegara a ver el caso en las noticias, confirmaría todas sus sospechas con respecto a la psiquiatría y se sentiría feliz de poder levantar el teléfono para llamarme. Te lo advertí, Gabriel —algo así podría decirme—. Sólo son unos charlatanes muy peligrosos.

La oficial revisa una hoja donde hay una lista de nombres anotados a mano. Es una mujer delgada, envuelta en un grueso uniforme verde oliva. Sus ojos bajan despacio de un renglón a otro, buscándome. Sujeta mi cédula de identidad en la mano y va cotejándola con los nombres de la lista. Aunque no quiero, aunque me molesta, estoy nervioso. Es la primera vez que entro a una cárcel.

Se le conoce como El 47. Es un penal pequeño. Se encuentra en un edificio de tres pisos y de color indefinido; según le caiga la luz, puede ser amarillo, crema o incluso blanco opaco. Está rodeado por un muro alto que, obviamente, fue construido después que el resto de la edificación, quizás cuando este antiguo destacamento militar pasó a ser un reclusorio. Junto a una puerta de metal hay un letrero pintado donde se lee: "Cuartel 47 de Seguridad e Inteligencia Militar".

Llegué temprano. En la calle, dos soldados con uniforme de camuflaje y sendas armas largas custodiaban la puerta. Eran jovencitos, parecían recién ingresados en la Academia Militar. Uno de ellos estaba tan flaco que le sobraba uniforme. El otro me preguntó si yo estaba en la lista. Dije que sí. Con un gesto desabrido, me indicó que me formara al final de la fila.

Caminé despacio, tratando de detallar disimuladamente a quienes ya estaban haciendo la cola para poder entrar a la cárcel. Conté siete personas. Casi todas llevaban bolsas con ropa y envases con comida. Me detuve detrás de la muchacha que estaba de última. No parecía tener más de veinte años; una mueca de desagrado parecía un garabato estampado sobre su cara.

Tardé casi una hora en llegar hasta el mostrador interior donde se encuentra la lista de visitas permitidas. Entrar fue un trámite lento, la cola avanzaba muy poco a poco. Cuando por fin crucé la puerta, ingresé a un pequeño patio donde varios oficiales revisaban no sólo a cada visitante sino también, o sobre todo, el contenido de sus bolsas. En una mesa improvisada, un largo tablón de madera sostenido sobre dos estructuras de metal, vaciaban y exploraban todo lo que los visitantes querían llevar a sus familiares o amigas encarceladas.

Lamenté no haber traído nada. Llegar con las manos vacías me delataba, era evidente que yo era un amateur en el tema de visitar prisiones.

Cuando me indicaron que podía avanzar, salí del patio y entré al edificio por una puerta más pequeña. Llegué a una oficina bastante deteriorada, sin muebles. La pintura azul de una de las paredes estaba ajada; en un ángulo había un porrón abandonado, una maceta llena de tierra vieja. Del otro lado estaba un mostrador con vidrios verticales, como las taquillas de un banco. Detrás esperaba una oficial menuda, envuelta en su grueso uniforme verde oliva. Fue ella quien con la mano me invitó a acercarme, me pidió mi documento de identidad y comenzó a buscar mi nombre en un papel.

Casi al final de la lista me encuentra. En la misma hoja, anota mis datos, todo a mano, y luego guarda la credencial en una gaveta. Me advierte que no puedo entrar con ningún objeto. Tengo que darle mi celular, las llaves del apartamento y una pastilla de menta envuelta en papel plástico. Es todo lo que tengo. La oficial guarda las cosas en un estante y luego me entrega un ticket, me dice que ya puedo pasar a la revisión por el detector.

Otra mujer con uniforme militar y un oficial vestido totalmente de negro revisan en un monitor mi paso por el aparato destinado a rastrear objetos extraños. Después, la mujer me indica que la siga. Me siento cada vez peor, más incómodo. Camino detrás de la uniformada por un pasillo hasta llegar a una escalera. Comenzamos a bajar. Por un momento, dudo. ¿En serio hay que descender? La mujer se detiene y me mira de forma inquisitiva, como si pudiera escuchar lo que estoy pensando. Aprieto la mandíbula y pestañeo. No quiero dejarla entrar.

—Es abajo —dice, antes de retomar la marcha.

Cuento los escalones, calculo que estamos en un segundo sótano. Avanzamos por un pasillo; veo varias puertas, todas cerradas. En las paredes cuelgan afiches con paisajes, intercalados con retratos del presidente o de algún militar de alto rango. No reconozco a ninguno.

Las botas de la mujer uniformada suenan con una determinación intimidante; mis zapatos de goma, por el contrario, parecen gotas anodinas. Llegamos hasta el fondo. No hay más que una puerta doble de madera. La mujer toca tres veces con sus nudillos. Tras instantes se escucha un ruido de llaves y cerraduras, la puerta se abre. Otro guardia, de los que llevan uniforme negro, ha abierto la puerta. Se saludan con cordialidad, hablan algo sobre unas empanadas y jugos que aún están esperando y, luego, se despiden de la misma manera, siempre como si yo no existiera, como si no estuviera ahí.

Me impresiona lo amplio del espacio. No hay otro mobiliario aparte de unas sillas. Todas iguales, dispuestas en grupos separados, de manera dispersa. Ya los visitantes que estaban delante de mí en la cola se encuentran sentados en alguno de los grupos de sillas, conversando con la prisionera que han venido a ver. El guardia camina hacia un muro que está al fondo.

—¡La loquera tiene visita! ¡Sácala! —avisa con un grito.

Sigo con los ojos la voz del guardia hasta que puedo distinguir una reja incrustada en la pared. Tras ella, hay una puerta de metal resguardada por barrotes. Un oficial abre la reja y luego la puerta, dejando ver un pasillo iluminado por una luz opaca, débil. Es un túnel ocre, sin fondo. El guardia señala una esquina donde hay dos sillas, indicándome que ese es el lugar donde debo esperar. Mi lugar.

Me falta el aire.

Se me arruga la curiosidad.

Sólo quiero desaparecer.

¿Cómo debo saludarla? ¿Debo levantarme y abrazarla?

Cuando iba a la consulta ni siquiera nos dábamos un apretón de manos. Era como si el contacto físico de alguna manera pudiera contaminar la terapia. Ella apenas sonreía y movía levemente la cabeza hacia adelante, saludaba de forma breve e invariablemente me señalaba el diván, invitándome a ocuparlo. Yo actuaba del mismo modo.

En la primera sesión, casi no dije nada. En la segunda, hablé un poco más pero tampoco fue gran cosa; la doctora no reaccionó de ninguna manera. Comencé a sentir que ella esperaba más de mí. ¿Qué más? No lo sabía, pero sentía que algo estaba faltando, que no lograba sorprenderla, que necesitaba hablar con más hondura, contar algo más tremebundo, inesperado, o quizás más duro, más cruel. En la tercera sesión me pregunté si acaso debía inventar otro relato, crear una vida ficticia, más atractiva y densa que lograra que Elena Villalba se mostrara más interesada o reaccionara de forma más activa ante lo que yo contaba. En la cuarta sesión, estallé. Estaba molesto, me parecía indispensable tener alguna respuesta de su parte. Ella no se inmutó, permaneció calmada, mirándome. Después de unos segundos, me ofreció una sonrisa leve y, con total naturalidad, me preguntó:

—¿Por qué les das tanto poder a los demás?

La veo cruzar la reja interior. Se detiene un segundo bajo el dintel de la puerta y recorre la sala con la mirada hasta encontrarme. Su figura se recorta sobre la luz ámbar del pasillo. Alzo la mano.

¿Cómo debo saludarla? ¿Debo levantarme y abrazarla?

Me pongo de pie. Mientras se acerca, trato de precisar alguna diferencia. Está más pálida. También, más delgada. Extraño su encanto en el vestido, su ropa delicada, casual y sobria; su manera de moverse, sus gestos tan suaves como firmes. Ahora viste un bluyín, una camisa marrón de mangas cortas, mocasines sin medias. Avanza hacia mí con una tensión contenida. Al llegar, me extiende la mano y casi sonríe.

—¡Qué bueno que pudiste venir! —dice, agradecida y en voz baja.

Su mano está muy fría.

Quiero ser amable pero no me atrevo.

Me habían dicho que Elena Villalba se encontraba en un "penal transitorio".

Comillas inmediatas.

Cuando fueron a buscarme a la oficina, uno de los dos oficiales, Jiménez o García, usó ese término. Lo recuerdo porque ahora me parece todavía más absurdo. Sentado en una esquina del sótano 2, vuelvo a pensar lo mismo. Ninguna cárcel es realmente pasajera.

—Todas las que estamos aquí aún no tenemos fecha de juicio.

La doctora intenta explicarme la naturaleza de esa supuesta reclusión provisional. Se trata de una suerte de detención preventiva, en espera de que la Fiscalía presente alguna acusación formal o de que —si ya hay acusación— un tribunal se haga cargo del caso. Mientras habla, voy viendo un desfile de comillas en el aire: es una prisión "privilegiada", donde se encuentran algunos casos "especiales". De cierta forma, quienes están ahí son "prisioneras" con "dueño", presas "de" alguien; supuestamente de un funcionario importante, del presidente, de un ministro, de un general; de "alguien con poder".

—Y entonces, ¿por qué usted está aquí? —pregunto.

No entiendo cómo y por qué la doctora puede ser uno de esos "casos especiales". Ella me mira como si no tuviera una respuesta. Su figura menuda me parece de pronto tan indefensa, tan vulnerable.

Suena un ruido y, de forma instantánea, los dos buscamos con la vista su origen. Es la puerta de entrada. Se repite el mismo procedimiento: el oficial vestido de negro y la mujer que lleva un uniforme militar conversan mientras los visitantes permanecen sin saber qué hacer, aguardando. La puerta es una alcabala, una estación de vigilancia entre dos territorios distintos que tienen, además, lenguajes diferentes. Un hombre y dos niñas pequeñas ingresan a la sala. Visten con discreta elegancia, como si vinieran a una fiesta. Las niñas sujetan sus cabellos con moños de tela, de color púrpura. El hombre no debe llegar a los cuarenta años. Es alto y lleva traje y corbata. Carga una bolsa de tela grande, abultada, llena de cosas.

—Es la familia de Valentina. Su marido y sus hijas.

Calculo rápido la edad de las niñas: cinco y siete años. El oficial los conduce hacia otro ángulo donde hay un grupo de cuatro sillas y una pequeña mesa de madera. Con un gesto, les ordena que se sienten.

—Ella lleva más de un año acá. Casi no habla. Dicen que es o que era amiga del ministro de Comercio, que la descubrieron haciendo negocios por su cuenta, quedándose con una plata. Por eso está aquí.

Del pasillo iluminado, emerge la silueta de una mujer. Espera a que el guardia abra la reja y luego avanza hacia su familia. Camina con la mandíbula en alto y con pasos ligeros. Se mueve como si estuviera en un palacio. Saluda rápido, apenas acaricia el cabello de sus hijas, luego le da un beso en la boca a su esposo. Y se sienta y comienza a hablar, mirándolo fijamente. Las niñas también se sientan pero miran a su alrededor; se saben expulsadas de la conversación.

—Esto es mucho mejor que cualquier otra cárcel, por supuesto. Es más segura.

La doctora Villalba me lo dice con un énfasis singular, con un tono de complicidad. Luego me cuenta que detrás de la reja hay un largo pasillo y que, de lado y lado, están las celdas. Son recámaras pequeñas, sin ningún tipo de ventilación, con espacio para una cama individual y un estante para poner cajas con ropa y otros enseres. Al fondo del pasillo se encuentran los baños. Y no hay nada más. Ahora hay veintitrés reclusas. Cada quince días, las suben a la azotea del edificio para que tomen el sol. Pasan una hora arriba y luego las vuelven a bajar. Dos de las prisioneras tienen televisión en sus celdas. Están conectadas al cable del inmueble.

—Pagan por eso. Aquí todo se paga —dice.

No deja de sorprenderme su serenidad. A medida que la escucho hablar, me pregunto si en verdad está tan tranquila. ¿Cómo puede no estar desesperada? Me asombra que sea capaz de domesticar así su angustia. Lleva ya varios días en este lugar. Me cuesta creer que eso no la afecta de alguna forma.

Otras visitas van llegando, la sala comienza a llenarse. La mayoría de las personas que vienen de afuera tienen una relación más cercana con las prisioneras que han venido a visitar; se tratan con una cordialidad que la doctora y yo no tenemos.

Pienso: en verdad, no la conozco, sigo sin saber nada de ella. ¿Qué pasa con su familia? ¿Quiénes son? ¿Dónde están? ¿Por qué no se encuentran hoy aquí, visitándola?

No sólo es una desconocida sino que, en estas nuevas circunstancias, lo poco que podía saber de ella ya no sirve de nada, ya no importa. Ahora es otra. Habla con una fluidez que jamás le vi durante todo el tiempo que estuve en terapia. Sus gestos, su mirada, su voz, incluso sus palabras. Todo es nuevo para mí. La estoy oyendo por primera vez.

La memoria es caprichosa. De pronto vuelvo a la imagen de esa lejana cuarta sesión, cuando ya no toleré más el silencio y estallé. Estaba harto de mí y de mis monólogos. Quería una reacción de parte de la doctora. Exploté. Le dije que la experiencia no tenía sentido. Que no deseaba ir a una terapia para escucharme a mí mismo. Que estaba harto. Que me parecía intolerable que permaneciera muda mientras yo, con un esfuerzo infinito, trataba de compartir con ella mi intimidad. Esa tarde perdí el control. También le dije que estaba pagando por alguna orientación, por algún tipo de consejo. Y le aseguré que esa era la última cita a la que asistía. Y terminé gritando que se fuera a la mierda, que no pensaba volver.

—¿Por qué les das tanto poder a los demás?

La pregunta queda flotando entre nosotros. Ella me mira, sentada en su silla. Sus ojos me parecen más pequeños. Quizás es porque estamos hundidos en un sótano. De pronto, ella se inclina hacia delante y me habla en un tono más confidencial.

—¿Has leído lo que dicen?

Asiento, en silencio.

—¿Y tú sabes algo de ese tal Roco-Yo?

—Muy poco. Usted me conoce, yo no uso redes sociales ni est...

Ella pone su mano en mi rodilla.

—No me digas *usted*. Ya no, Gabriel.

Bajo la cabeza.

—Por favor.

Casi es una súplica. Y entiendo que es una confirmación, un nuevo pacto, la certeza compartida de que ya no nos encontramos en su consultorio, que no hay diván, que no hay distancia, que hasta nuevo aviso el inconsciente ha quedado suspendido.

Su mano en mi rodilla.

Pienso: es el final. La doctora ya ni siquiera es doctora. Solamente es Elena. Frágil Elena.

Estoy incómodo; sé que tengo que interactuar de alguna forma y no halló cómo hacerlo.

—¿Cómo se siente? —pregunto, apurado. Rectifico de inmediato, tuteándola—: ¿Cómo te sientes?

—Fatal.

Y comienza a hablarme de su vida del otro lado de la reja, sin luz natural y en un espacio reducido. No logra dormir; a veces trata de leer y tampoco lo consigue. No se acostumbra a las voces de las otras prisioneras, no se habitúa a los sonidos de la cárcel. La escucho sin decir nada.

Las dos niñas corren cerca de nosotros. Juegan a perseguirse entre los distintos grupos de visita. La doctora me observa mirar a las niñas. Sonríe dolorosamente, como si intuyera lo que estoy pensando.

—Es horrible que estén acá, ¿no?

Las dos hermanas se han detenido en una esquina del salón y hablan entre sí. Nosotros, en cambio, permanecemos callados unos instantes. Un silencio pasa entre nosotros como un animal lleno de pelos gruesos.

Pienso: es evidente que no tenemos nada que decirnos. Esta visita es una gran equivocación.

—¿Te ha buscado la policía?

El tono de su voz es distinto. También su cuerpo tiene una postura diferente, su cuerpo tenso se inclina hacia mí. Me observa de otra forma. Sus ojos parecen pequeñas estacas.

—Han ido a ver a varios de mis pacientes. Los han interrogado —añade, sin dejar de mirarme fijamente, como si pudiera cazar en el aire mis respuestas y saber fácilmente si digo la verdad o si estoy mintiendo.

Dudo. La escena de mi conversación con los oficiales García y Jiménez tiembla levemente en mi memoria. Nos encantaría que colaboraras con nosotros, algo así dijo uno. Piénsalo, pana. Cualquier vaina, avísanos, algo así dijo el otro.

—Contigo, ¿se han puesto en contacto?

La doctora está totalmente tiesa, mirándome.

Su mano en la rodilla.

Sus ojos como estacas.

—No.

Suspira aliviada y, luego, todo su cuerpo se afloja, se esponja ligeramente.

—Yo tampoco quise llamar a su consultorio —digo, no sé muy bien por qué. Quizás tan sólo porque necesito decir algo.

Ella asiente y luego junta sus manos, las entrecruza, como queriendo estirar y destrabar sus dedos. Por primera vez me fijo en ellos. Son largos, delgados. Tiene todas las uñas mordidas. Tal vez antes no eran así, quizás morderse las uñas es un hábito nuevo. No recuerdo haber reparado nunca en las manos de la doctora Villalba cuando nos veíamos en la consulta. Pero ahora puedo imaginarla perfectamente en una celda muy angosta, sentada en una cama, cortándose las uñas con los dientes.

Las dos niñas vuelven a pasar junto a nosotros, riéndose. Desde su lugar, sus padres hacen gestos con las manos, pidiéndoles que se callen, llamándolas. Pero de inmediato, sin embargo, regresan a su conversación. Parece que están peleando.

—Yo también tengo dos hijas —dice la doctora, sin mirarme.

Sudor detrás de las orejas.

—Pero no están aquí. Apenas comenzó todo esto, se fueron del país. Con mi marido —dice, sin mirarme.

Escozor en las palmas de las manos.

—Decidimos que era lo mejor para ellas —dice, sin mirarme.

Un silencio vuelve a pasar entre nosotros. Un silencio delgado y áspero.

Una culebra llena de escamas.

La doctora se dobla suavemente sobre sí misma, como si quisiera tocarse los pies, como si necesitara inventar una acción para encubrir lo que va a decirme. Luego vuelve a erguirse, me mira con una rara complicidad, se inclina aún más hacia mí.

—No tenemos mucho tiempo —pronuncia velozmente cada palabra—. Necesito que me ayudes —siento su aliento en mi oreja—. Se trata de Gisela Montes, mi asistente. Seguro la recuerdas.

—Su secretaria.

—Era más que eso. También manejaba mis archivos, ordenaba los expedientes de los pacientes —se detiene un momento, mira nerviosamente a su alrededor, ubicando a la distancia a los guardias—. Ella me robó algo que es muy importante, que puede definir todo lo que pase con mi caso.

—¿Te robó? —escucho mi propia incredulidad saltando desde mi boca.

La doctora engarza su mano en mi brazo. Sus labios casi rozan mi piel.

—Grabaciones.

Contengo la respiración. No sé qué hacer. No sé hacia dónde mirar.

—Era parte de la terapia —susurra.

Una oficial vestida de negro cruza junto a nosotros, nos mira burlona y, con sarcasmo, suelta una frase rápida:

—Deja los secretos, Elena Villalba. Te estoy viendo.

Parece una broma pero, en el sótano de una cárcel, nunca nada puede ser completamente una broma. La terapeuta ni se mueve, sólo espera a que la guardia se aleje lo suficiente.

—Gisela sabía dónde estaban. Se las llevó de mi consultorio antes de que llegara la policía.

Busco un gesto, un monosílabo, algo que pueda funcionar como respuesta, un ademán que me permita mantenerme en la conversación.

—Con eso me está chantajeando. Me amenaza. Si yo no le pago, ella le entregará las grabaciones a la policía.

Me aparto un poco de ella, asombrado. Es un movimiento instintivo, no puedo controlarlo. La miro como queriendo ponderar mejor lo que acaba de decirme, como si me costara creer que realmente me está hablando de un chantaje. La doctora me jala de forma sutil, obligándome a regresar a la misma posición en la que nos encontrábamos.

—Actúa normalmente, por favor.

—Está bien, está bien. Pero esto que me está diciendo…
—Rectifico rápido—: Esto que me estás diciendo, sobre
la…

—Mi detención fue una sorpresa —la doctora Villalba
vuelve a apretarme el brazo—. Sabíamos que podían detenerme, pero nunca pensamos que sería tan pronto. Ese día,
mi marido y mis hijas ya habían salido del país, así que le pedí a mi abogado que fuera al consultorio. Le expliqué dónde
estaban las grabaciones, le dije que tenía que buscarlas.

—¿Y qué pasó?

—Cuando llegó, no pudo hacer nada: ya la policía estaba
adentro. Tenían una orden de registro.

—¿Y cómo sabes que…?

Alza la mano izquierda, pidiéndome paciencia.

—Cuando me interrogaron, me di cuenta de que la policía tenía la cámara pero no las grabaciones. La única expli-
cación lógica era que mi asistente las hubiera agarrado. Y así
fue —abre los brazos, como invocando una lógica natural—.
A los pocos días, Gisela buscó a mi abogado y le pidió dinero.

La mano de la doctora se afloja lentamente, liberándo-
me. Su cuerpo regresa a una posición vertical y se apoya en
el respaldo de la silla. Yo estoy agobiado, muevo la cabeza,
estiro la vista hacia arriba, hacia el techo blanco, donde están
incrustados varios plafones rectangulares, llenos de un neón
también muy blanco. Tanta luz me quema la mirada.

—¿Y qué quieres que haga yo? —la pregunta sale sudando en una exhalación.

Suena la puerta. El uniformado de negro abre. La mujer
militar acompaña a un hombre delgado, vestido con un so-
brio traje de color gris oscuro. Trae un maletín de mano. El
hombre mira hacia nosotros y saluda desde su lugar con un
gesto. La doctora le devuelve el saludo, dice que precisamente

es su abogado. Me pongo de pie de inmediato, quiero marcharme. Ella también se levanta de su silla.

—Que hayas estado hoy aquí me confirma que eres distinto —dice de repente en voz baja—. Antes lo intenté con otros pacientes. Pero ninguno quiso venir a verme.

Me sorprende la confidencia.

—Pero la mujer que me llamó por teléfono me dijo que era tu paciente.

—Te mintió —dice.

Estamos los dos de pie, uno junto a otro, y sin embargo empiezo a sentirme acorralado.

—Yo se lo pedí —añade—. Le pagué.

Y mira hacia un ángulo donde una reclusa más joven habla con un visitante. Alude a ella.

—También está aquí, presa.

Su confesión me deja desconcertado. Me pide disculpas, admite que lo hizo por miedo, temía que yo también fuera a negarme.

La ansiedad por irme es cada vez mayor. Quiero que todo termine ya. El abogado se ha quedado hablando con uno de los oficiales. Por un segundo, siento que puedo perder el control, que la desesperación por salir puede sacudirme, empujarme hacia una escena desbocada.

La doctora me da un beso en la mejilla y después toma una de mis manos entre las suyas. Hay algo en sus ojos que no puedo describir.

—Puedo confiar en ti, ¿verdad?

Siento un nudo de agujas sobre la lengua.

—Estoy desesperada. No tengo a nadie más.

Todas las manos están frías.

No puedo dormir. A cada rato, un sobresalto me alza de la cama, dejándome erizado y en guardia. Intento volver a conciliar el sueño, pero me resulta imposible. Siento que tengo aserrín debajo de los párpados. Me duele la oscuridad. Abro los ojos y mi mirada vuelve tercamente siempre al mismo punto, a la imagen de la doctora Villalba preguntándome si puede confiar en mí.

Después de despedirnos, subí las escaleras del penal con los puños apretados. De la misma manera, entregué el gafete, recibí mis objetos personales y salí a la calle. La luz del sol me hizo daño y me dio alivio. Las dos cosas a la vez. Al caminar de regreso a mi casa, volví a tener la misma sensación sofocante: estaba rodeado de ojos. Ojos palpables y ojos invisibles. Ojos evidentes y ojos escondidos. Ojos de distintas formas y ojos sin cuerpos, etéreos e ingrávidos.

La ciudad era una multiplicación infinita de ojos.

Cuando entré en el apartamento, deslicé mi cuerpo hasta quedar sentado en el suelo. Sentí que algo se había oxidado dentro de mi boca. Abrí mis manos. Tenía las palmas enrojecidas, las marcas de las uñas hundidas en mi piel.

La doctora está aquí, todavía mirándome.

¿Qué quiere, realmente? ¿Qué espera de mí?

Gisela Montes está desnuda frente al espejo de su baño. Es una morena alta, muy hermosa, de caderas anchas y senos pequeños. Recién acaba de ducharse y se restriega la toalla por la espalda. Apenas son las seis, pero a las seis es la hora en que llega el agua. De eso depende la organización de los días, las rutinas. Desde el cuarto, llega el sonido de la televisión. Uno de los canales transmite la primera emisión del noticiero matutino. No hay informaciones sino declaraciones. El programa no cuenta lo que ocurre sino lo que dice el gobierno sobre lo que supuestamente ocurre. Gisela acerca su rostro al espejo, detallando sus cejas. Abre una gaveta y saca una pequeña pinza de metal. La alza hasta su ojo derecho y, justo cuando va a atacar un filamento demasiado largo, escucha el nombre de Elena Villalba. Tira la pinza y sale corriendo del baño. Logra situarse frente a la pantalla cuando todavía puede ver a su jefa escoltada por dos oficiales, encaminándose hacia una patrulla de la policía. Gisela se queda sin aire y se deja caer sobre el colchón de la cama. Sus nalgas aplastan la blanda paciencia de las sábanas.

No lo duda ni un segundo. La idea brota dentro de ella con tanta facilidad como inmediatez, como si se tratara de una consecuencia lógica de lo que está sucediendo. Se viste lo más rápidamente que puede y se dirige sin demoras al consultorio. Una vez adentro, busca en el estante que está situado justo detrás de la silla donde suele sentarse la doctora Villalba. Tantea con la mano la parte posterior de la maceta donde están sembrados unos helechos, hasta que da con una pequeña cámara. Hace poco más de un año, una tarde entró a la habitación sin avisar y descubrió a la terapeuta revisando el pequeño artefacto. Era una filmadora de última generación con la que, obviamente, registraba sus sesiones. La doctora se molestó, trató de disimular, pero ya era tarde. Discutieron. Fue la única vez que discutieron.

Con apremio, Gisela Montes destraba una mínima compuerta y extrae la memoria sólida de la cámara. Es una pequeña lámina del tamaño de una uña. La guarda en su bolso, trata de dejar todo como está y con el mismo apuro sale del lugar. Al llegar a la planta baja, cuando las puertas del ascensor se abren, no puede evitar sentir un estremecimiento. Seis oficiales de la policía se encuentran en el pasillo de la entrada del edificio, esperando para subir. Todos clavan sus ojos en ella. Gisela controla el ligero sobresalto, aprieta el bolso contra su cuerpo y sale abriéndose paso entre los uniformados, bamboleando sutilmente sus caderas y sus hombros, pidiendo permiso, diciendo tan sólo dos palabras que casi todos oyen como si fueran un grato ronroneo. Cuando alcanza la calle, la unidad móvil de un canal de televisión se está estacionando frente al inmueble.

Dos días después, la visita la policía. Hablan con ella cordialmente y luego la citan para una declaración oficial en la sede de la Fiscalía. Ya la investigación sobre la Doctora Suicidio está en marcha. Gisela les entrega la lista completa de pacientes, con sus direcciones y números telefónicos. Les cuenta, varias veces y de manera pormenorizada, la rutina laboral de Elena Villalba. El comisario que la interroga pregunta con especial interés si la terapeuta realiza también algún tipo de consultas privadas, más reservadas o más secretas. Gisela dice que no. Al menos, ella no tiene ninguna información al respecto. Después de hora y media de conversación, un poco teatralmente, se muestra cansada y confiesa que ya les ha dicho todo lo que sabe. Apela a su condición de víctima: lo único que tiene en ese momento en la cabeza es una gran angustia, pues se ha quedado sin trabajo. Cuando ya está de pie y lista para irse, el comisario menciona el tema de las grabaciones. Por primera vez, Gisela se turba.

—¿Una cámara? —repite, tratando de contener su nerviosismo.

—Sí. Encontramos una cámara en el consultorio de la doctora Villalba —el policía habla con controlada calma.

Le extiende una fotografía. Luego comienza a explayarse. En uno de los estantes del librero, detrás de un helecho, hallaron la pequeña cámara portátil que apuntaba su lente hacia el diván gris donde se sentaban o se acostaban los pacientes. Les parece raro, inusual. Gisela permanece en silencio, mirando la foto.

—¿Usted sabía de esto?

—¿De qué? —Ofrece su mejor cara de perplejidad.

—Es obvio que la doctora grababa a sus pacientes. ¿Lo hacía con todos? ¿Era algo normal?

Gisela dice que no tiene idea, que no sabe nada de la cámara ni de esas supuestas grabaciones.

—La doctora no hablaba conmigo de su trabajo. Lo que pasaba dentro de su consultorio era su rollo. Ni ella ni los pacientes me comentaron nunca nada sobre esto.

—Pero usted entraba en el consultorio con frecuencia; alguna vez lo habrá ordenado. ¿Nunca vio la cámara?

—Pues… La verdad, no —responde, dubitativa. Luego trata de mostrarse más segura y añade—: Quizás la vi y no le presté importancia. Quizás pensé que la doctora se estaba filmando a sí misma, usted sabe, practicando para dar una conferencia o una charla. A ella la invitan mucho a congresos y cosas así.

El comisario también menciona la ausencia de la tarjeta de memoria. No estaba en la cámara, tampoco la encontraron en el escritorio ni en ningún otro lugar.

—Revisamos todo minuciosamente.

—Ahí sí que no puedo decirles nada. La doctora Villalba siempre fue muy celosa con sus cosas. Ella ordenaba sus papeles y no permitía que yo me metiera en nada —contesta Gisela, cada vez más convincente, con más confianza en su propia actuación.

Este pequeño suceso inesperado la ha hecho cambiar de repente. Gisela Montes se siente distinta. Ha descubierto que puede mentir, que mentir es fácil, que le sale bien. En muy poco tiempo, una nueva mujer ha aparecido dentro de ella. Con menos escrúpulos y nuevas ideas. Aunque al principio no se reconoce en ella, muy pronto comienza a admirarla, a estar encantada con esta Gisela que ya está harta de su vida y que sólo desea aprovechar las oportunidades para ganar algo más de dinero y mejorar su situación.

—¡Eso es lo que hace todo el mundo en este país! —exclama mientras empaca todas sus cosas y se va furtivamente de su apartamento.

Tras mudarse a casa de una amiga, en la otra punta de la ciudad, decide buscar al esposo de la doctora Villalba. No lo encuentra. Se ha fugado. Comienza entonces a seguir al abogado de Elena Villalba. Lo hace con cuidado, disfrutándolo. Cada día se viste y se maquilla de manera diferente. Una tarde, le sale al paso y lo sorprende. Gisela lleva un vestido ajustado, de licra, que marca mejor su figura voluptuosa. Tiene el pelo rizado y está peinada de otra forma. También trae puestos unos anteojos con vidrios polarizados. Ella le pregunta cuánto están dispuestos a pagar por las grabaciones.

Despierto como si hubiera pasado la noche boxeando. Estoy irritado, de pésimo humor. Añoro mi vida anterior. Mi vida vacía y deliciosa, sin noticias.

Mientras me lavo la cara, tengo un súbito arranque de independencia personal. Decido que no quiero saber nada más de Elena Villalba. No voy a atender sus llamadas. No voy a buscar más información en las redes. No voy a volver a visitarla en la cárcel. No quiero saber de su caso. No me interesa saber qué pasa.

Se puede vivir sin realidad.

Yo puedo vivir sin saber cómo termina esta historia.

Hablar con uno mismo frente a un espejo podría ser también una forma de terapia. Me veo en ese ejercicio. Gabriel Medina conversa con Gabriel Medina. Es una sesión perfecta. Gabriel pregunta y Gabriel contesta. Es una consulta rápida y eficaz. Jamás debí involucrarme en esto, dice Gabriel. Ya fuiste demasiado lejos. Lo de ir a verla en el reclusorio fue un gran error, contesta Gabriel. ¡Pero no voy a volver! ¡Hasta aquí llegó todo! ¡Se acabó!, exclama Gabriel. Estoy totalmente de acuerdo. Es lo más saludable, responde Gabriel.

Luego nos quedamos en silencio los dos. Nos observamos mutuamente, pendientes de nuestras reacciones. Hasta que de pronto me dice: tienes que regresar a lo que eras antes. Y yo digo que sí. Me dice: busca otros desafíos personales. Y yo digo que sí. Me dice: piensa en ti, ponte un reto. Y yo digo que sí.

De hoy no pasa.

Salgo de mi casa, bajo por el ascensor y camino por la calle manteniendo esa pequeña frase tenazmente atrapada dentro de mi boca.

De hoy no pasa.

La toco, la muevo, la empujo, la pulo. Siento cómo va creciendo entre mi lengua y mi paladar.

En el vagón del metro, camino al trabajo, la sigo alimentando.

De hoy no pasa.

La entreno. Le doy una respiración particular, le doy velocidad.

La convierto en un ritmo.

De hoy no pasa / Tú puedes hacerlo / De hoy no pasa / Sólo tienes que pararte frente a ella y saludar / De hoy no pasa / Sólo párate y di hola / De hoy no pasa / Sólo párate y di qué tal / De hoy no pasa / Tú puedes hacerlo / Naturalmente natural / De hoy no pasa / Di hola / Di qué tal.

Salgo de la estación Capitolio repitiendo mentalmente la misma secuencia: ella se acerca caminando, como siempre; yo debo alzar la mano y decir hola. Nada más. Ella se acerca caminando, yo debo alzar la mano y decir ¿qué tal? Sólo eso.

Dejo la avenida y voy caminando de nuevo por la calle estrecha donde cada mañana coincidimos. Avanzo nervioso pero concentrado. Reforzándome. Es mi vida. Es mi desafío. Cualquier alternativa siempre será mejor que quedarme a vivir en este eterno cruce cotidiano sin ningún desenlace, en este permanente encuentro fugaz que no conduce a nada.

Hola.

Qué tal.

Las manos me pican.

El sudor fluye detrás de mis orejas.

Recorro la pequeña calle, abrazo mi letanía:

De hoy no pasa.

Alza la mano y di hola. Alza la mano y di ¿qué tal?

Tú puedes hacerlo.

De hoy no pasa.

Sólo es un saludo. Naturalmente natural.

La veo venir como la primera vez. Como un leve tizne al final del paisaje que, a medida que se va acercando, va también adquiriendo una forma y unos movimientos cada vez más perfectos y deslumbrantes, hasta llegar a ser ella, ese vértigo con un destello gris en la mirada. Mientras nos acercamos, el eco de cada paso retumba dentro de mí. Las palabras empiezan a hervir dentro de mi boca.

Alzar la mano y decir hola, alzar la mano y decir ¿qué tal? De hoy no pasa.

Llueve detrás de mis orejas.

Todos mis dedos están ardiendo.

Cuando por fin nos cruzamos, yo estoy temblando. Aguanto la respiración y me detengo, interrumpiéndole el paso. Ella se para y me observa extrañada. Levanto la mano pero sólo logro farfullar un injerto de expresiones, un tropiezo en el lenguaje, un saludo incomprensible:

—¡Ho-qué! —grito.

Por un instante, todo se paraliza. Ella, yo y el paisaje quedamos de pronto estáticos, inmóviles sobre este segundo. Hasta que de repente ella sonríe. Parece divertida.

—¿Qué dijiste?

Su espontaneidad me derrumba. Ella me mira con una curiosidad que todavía me resulta más seductora. Trato de explicarme sin mucho tino, digo que en verdad no quise decir lo que acabo de decir, explico que tan sólo quería saludarla, que deseaba decirle un hola o un qué tal y que los dos saludos se han mezclado inexplicablemente en el camino, inventando una palabra nueva e ininteligible.

Mis orejas: el diluvio.

Mis manos: sólo fuego.

Pero ella sigue sonriendo. Creo que incluso me mira con algo de ternura. Yo, tan atónito como maravillado, no sé qué más hacer, cómo continuar. De pronto temo que todo empiece y acabe en ese instante minúsculo.

De hoy no pasa.

—Siempre nos vemos por aquí... —muevo la frase hacia adelante, dejo una pausa colgando.

Ella asiente y luego mira su reloj. Intuyendo que estoy a punto de fracasar, estiro la mano y digo mi nombre.

—Inés —dice ella, devolviéndome el saludo. Luego señala hacia el fondo de la calle—. Trabajo en el banco.

Intento sostener un poco más la conversación, pero en mi cabeza el nombre de Inés da vueltas, sonando, repicando, espantando todas las otras palabras. Cuento de forma confusa que trabajo en El Archivo. Repito innecesariamente que nos vemos en esa misma calle casi todas las mañanas. Después, vuelvo a quedarme callado. Y ella vuelve a sonreír. Luego dice que ya tiene que irse. Yo digo que claro, que por supuesto, que todos siempre tenemos que irnos. Ella levanta la mano, se despide. Yo la imito, embobado. Y la veo alejarse como si el vaivén de sus caderas fuera un imán y jalara toda mi energía. Siento que podría seguir su cuerpo devotamente. Caminar tras ella hasta el final, hasta la sombra donde se acaban todas las fronteras.

En el trayecto entre Inés y El Archivo, celebro que mi terapia personal frente al espejo haya sido contundentemente eficaz. Me siento bien conmigo mismo. Me sorprende que algo tan simple y banal represente para mí un obstáculo insalvable que requiere un esfuerzo titánico, agotador.

El efecto de la victoria, sin embargo, dura poco. Natalia está esperándome en la sala de la entrada.

—Están aquí —dice—. Llegaron hace rato. Se metieron en tu oficina.

García y Jiménez están sentados rígidamente frente a mi escritorio. Ambos comparten el mismo semblante grave. Uno de ellos, sin embargo, me saluda con amable condescendencia. El otro me ofrece una expresión severa, como si yo les debiera algo. Me pregunto si están practicando el juego del policía bueno y el policía malo, si todo esto es sólo una puesta en escena, algo que ya han preparado. Los imagino ensayando antes.

La especulación se desvanece rápidamente. Jiménez y García van directo al grano. Ya saben de mi visita a la doctora en el penal. El Jiménez o García que me trata de manera más lisa y vulgar está enojado o quiere hacerme sentir que su furia es un peligro. El otro intenta calmarlo, o al menos finge que lo hace.

—¡Nos mentiste, coño! ¡Nos aseguraste que ya no tenías ningún contacto con ella!

—Cálmate. Deja que se explique.

—¿Qué va a explicar? Es obvio que nos está engañando —lanza un bufido, me mira y casi escupe la pregunta—: ¿Tú crees que esta vaina es un juego?

Los dos vigilan mis reacciones. Tras un instante, el García o Jiménez más formal se inclina un poco hacia mí, propone otro tono.

—No tenemos problemas con usted —dice. Y luego añade, con énfasis—: Todavía. —Se aparta y prolonga un poco su advertencia—: Pero necesitamos que nos ayude en la investigación.

Cuando vinieron por primera vez, me hicieron muchas preguntas sobre el comportamiento de la doctora durante la terapia. Querían saber qué tipo de registro llevaba, si tomaba notas, si usaba una grabadora de voz, si filmaba las sesiones con una cámara. En aquel momento, dije lo que sabía, lo que había visto: Elena Villalba usaba un cuaderno donde a veces hacía breves anotaciones. Eso era todo lo que yo podía aportar. A eso se reducía mi experiencia como paciente. Los oficiales no quisieron indagar más, se fueron tranquilos, confiados en que acababan de cumplir con una clásica rutina. Al enterarse de mi visita al reclusorio, su percepción sobre mí cambió radicalmente.

—¿Por qué fuiste a verla? —García o Jiménez pregunta con un claro tono amenazante—. Tú navegas con cara de pendejo, pero esa yo no me la creo. ¿Para qué la visitaste? ¿De qué hablaron? ¿Qué te dijo?

Su agresividad me asusta, me deja mudo.

—¡No dice nada! ¿Te das cuenta? ¡Se está burlando de nosotros!

—Espera.

—¿Espera, qué? —acerca aún más su cara. Su boca huele mal—. Mira, chamo, la vaina es así: estamos tratando de que colabores con nosotros "por las buenas".

Las comillas me asustan todavía más. Me retraigo.

—Pero esto también puede ser de otra manera.

El otro Jiménez o García resopla y ladea su rostro hacia una pared, con expresión de visible desacuerdo. Pero no hace nada más.

—Si tú te pones bruto, o si quieres dártelas de payaso, sabes que te podemos obligar a cooperar. Hay "formas de hacerlo" —agrega, doblando la frase hasta lograr que suene como una inquietante amenaza.

Más comillas. No quiero verlas.

Trato de pensar rápido: ¿"formas de hacerlo"? Surgen de pronto muchas imágenes y demasiadas preguntas. ¿Puedo perder, tal vez, mi trabajo? ¿A eso se refieren? ¿O quizás es algo más grave? ¿Qué saben de mí, de mi historia personal, de mi vida? O también: ¿qué pueden inventar? ¿Acaso pueden armar un expediente ficticio en mi contra? ¿Pueden sembrarme drogas, sembrarme armas, sembrarme una conspiración terrorista? ¿O acaso el oficial está sugiriendo que pueden detenerme, encerrarme e interrogarme de manera violenta?

"Formas de hacerlo".

¿Qué cabe en esas tres palabras? ¿Cuántas violencias pueden respirar debajo de ellas?

Tan sólo tres palabras. Y las comillas ahí: tiritando.

Aprieto la mandíbula y pestañeo varias veces seguidas, velozmente.

Los dos oficiales me miran, expectantes.

Intento entonces decir algo que no me comprometa demasiado. Es una acción defensiva. Hablo con pausas pequeñas y frases cortas. Con el lenguaje del miedo. Les explico la razón de mi visita a la cárcel: Elena Villalba me mandó llamar. Ella me invitó. De inmediato, los dos oficiales se interesan, quieren saber para qué deseaba verme, qué quería decirme. La conversación vuelve a hundirse en un pozo.

—No me comentó nada importante —digo.

—No entendí bien qué quería —digo.

—Quizás sólo necesitaba hablar con alguien —digo.

—Me aseguró que era inocente —digo.

Nada más.

García o Jiménez se pone de pie y con movimientos bruscos se dirige a la puerta. Es evidente que no me cree, está muy molesto. Se queja de la situación, me acusa de estar burlándome de ellos y exclama de mala manera que va a fumarse un cigarrillo afuera. Sale. Cuando nos quedamos solos, el otro García o Jiménez me mira como si fuera mi aliado. Acerca un poco su silla hacia mí, en plan de confidencia.

—Está tenso —dice, queriendo explicar la actitud de su compañero—. A nosotros también nos están presionando. Hay mucho ruido con este caso. Por eso ordenaron un operativo especial; quieren resolver esto ya —propone una mueca para acompañar una conclusión final—: Órdenes superiores.

El oficial me mira con una clara cortesía prestada. Recuerdo entonces a los hombres que he visto siguiéndome frecuentemente en la calle.

—¿Me han estado vigilando? —pregunto.

Una sonrisa piadosa aparece en sus labios.

—¿A usted? —inquiere, con leve ironía.

—Hay un tipo, o más bien dos. Los he visto en varias ocasiones, después de la primera vez que ustedes hablaron conmigo. Pensé que quizás me andaban vigilando.

El policía sonríe más francamente, pone su mano en mi hombro. Su voz es más cálida; de pronto me tutea:

—¿Por eso vas a la terapia? ¿Sufres de paranoia o algo así?

No puedo responder. Todo me parece tan impúdico.

Mastico mi mantra: se puede vivir sin realidad.

Pienso: mi mantra es ridículo. Cada vez estoy más hundido, más envuelto, más lleno de mierda, de pura y estúpida realidad.

—Usted confía en ella, ¿verdad?

Veo a la doctora Villalba sentada en el catre de su celda. La veo mordiéndose las uñas, nerviosa e indefensa.

Digo que sí.

García o Jiménez se humedece los labios y me mira de una forma particular, como decidiendo si decirme o no algo. Luego mete su mano en el bolsillo de su saco y extrae un teléfono celular. Con su dedo índice presiona varias teclas y después lo extiende hacia mí, dejándolo frente a mis ojos. En la pantalla hay una foto de una muchacha en primer plano.

Es muy bella, parece andina, tiene la piel muy blanca y el cabello muy negro y liso. Está mirando a la cámara con una sonrisa pícara, divertida.

—Diecinueve años —dice—. Acababa de empezar la universidad. De buena familia, sin demasiados lujos, pero bien. Todo normal, pues.

Miro fijamente el rostro de la muchacha en la pantalla del teléfono. También ella necesita un nombre.

—Estudiaba Odontología —García o Jiménez mantiene el celular frente a mis ojos.

Me sorprende que no le tiemble el pulso. El policía sostiene el teléfono con un exacto equilibrio mientras me sigue mirando con puntual firmeza, pendiente de cualquier mínima expresión.

—Nunca la había visto antes.

—Hace un mes se lanzó por el viaducto de la autopista —dice.

La muchacha sigue sonriendo en la pantalla del celular.

—También era paciente de la doctora Villalba —dice.

Apoya las dos manos en la baranda y mira hacia abajo. La altura la impresiona. Siempre ha visto el viaducto de la Cota Mil desde otro ángulo, desde abajo o desde lejos, pero sin duda es distinto estar ahí, en lo alto, y poder observar la ciudad y el pavimento. Calcula que entre ella y el suelo quizás hay quince metros.

Son las cinco de la tarde y el viento que viene de la montaña desarregla su cabello, empujándolo sobre sus ojos, llevando alguna punta hasta sus labios. Oye o cree oír el lejano sonido de su teléfono celular, repicando. Está justo en la mitad del viaducto, esa mole de cemento que se alza en una vuelta de la autopista que recorre el borde superior de la ciudad, bordeando El Ávila. Desde ahí se divisan las azoteas de los edificios, la luz del atardecer anunciándose sobre los cristales de las ventanas más altas, devolviéndole un resplandor naranja al paisaje.

Casi todos sus compañeros de la escuela de Odontología en la universidad coinciden en describirla como una chica normal. Están por terminar el primer semestre y ella ha entablado buenas relaciones con todo el grupo de estudiantes. La mayoría son mujeres. Una de ellas, con quien al parecer compartió más cercanamente, también afirma que era una muchacha dulce. Una niña feliz, dice.

Es hija única. Vive con su abuela y con su madre en una vieja casona de la familia. Sus padres se divorciaron cuando ella tenía diez años. No fue una separación traumática, por el contrario, la relación entre ellos ha sobrevivido a la ruptura y todavía, en algunas ocasiones, se reúnen los tres, pasan juntos alguna fecha especial en familia.

Tampoco sus excompañeras de la secundaria pueden aportar mayores datos. El diagnóstico es similar: buena gente, simpática, amiga noble, excelente estudiante… Una de sus profesoras, queriendo tal vez elucubrar alguna hipótesis, habla de su carácter por momentos introvertido. A veces, en los recreos, se quedaba sola en un ángulo del patio, escuchando algo con sus audífonos. No se trata, sin embargo, de un motivo capaz de justificar su muerte. Si la soledad condujera al suicidio, ya todos nos habríamos matado, es lo único que dice su madre cuando la policía va a entrevistarla y le preguntan por la doctora Villalba.

El ruido de los carros, que cruzan velozmente a sus espaldas, se ha convertido ya en un rumor familiar, es la música de fondo de ese instante. Un zumbido. Es, quizás también lo piensa, una rara metáfora: los sonidos que deja atrás, el silencio que tiene por delante. ¿Cómo puede estar tan resuelta, tan segura? ¿Acaso se puede decidir tan fríamente matarse? ¿Cuánto tiempo se necesita soñar, planificar y justificar este último salto, para llegar a él con tanta tranquilidad?

Nuevamente, ella oye o cree oír el timbre de un celular. Sabe que su teléfono está en su mochila. Es probable que, en ese momento, su madre esté llamándola, buscándola. Pero ella continúa inmutable mirando de frente hacia la ciudad. Una brisa se alza de pronto, mueve las ramas de los árboles. Una bandada de loros verdes surca el cielo. Un poco más lejos, se escuchan los gritos de las guacamayas. Ella apoya su pierna derecha en el primer tramo del barandal y, sin vacilar ni un momento, toma impulso, da un brinco y se lanza al vacío. De cabeza. Como una niña feliz que se arroja a una piscina.

La policía quiere que yo vuelva a visitar a la doctora Villalba. Están tratando de averiguar por todos los medios dónde pueden estar las grabaciones que hizo de sus pacientes. Ellos creen que yo soy uno de esos medios. Les llama la atención que la doctora me haya llamado, que yo sea el único paciente que ha ido a visitarla a la cárcel. Yo también me pregunto lo mismo. Ha podido buscar a alguien de su familia, a un amigo de la universidad, a un colega… También me sorprende que, de entre todos sus pacientes, yo haya sido supuestamente el único en responder a su llamado y en ir a verla. Hay algo en ese argumento que me hace dudar. Su gesto final, su mirada casi pidiendo auxilio, preguntándome si en verdad podía confiar en mí.

Y yo, ¿puedo confiar en ella?

Con las autoridades me ocurre algo distinto pero que, sin embargo, tiene el mismo destino. No existe ni una sola razón que me permita creer en las instituciones. Todo lo que hacen y dicen los oficiales García y Jiménez puede ser parte de un ardid detalladamente calculado. No importan sus modos, sus maneras, sus palabras. Son policías. Es imposible confiar en ellos.

En realidad, no puedo confiar en nadie. Estoy en una encrucijada y todos los caminos me parecen una trampa. ¿O acaso sí puedo creer en lo que dicen las noticias o en lo que declaran los líderes políticos? ¿O puedo confiar en Roco-Yo? ¿Qué es verdad y qué es mentira? Ya es imposible saberlo. El caos comienza en su lenguaje.

Ahora nadie cree en nada ni en nadie. Sólo nos quedan las mentiras. La violencia y las mentiras. A veces siento que ninguno de nosotros sabe lo que pasa. Nadie conoce lo que ocurre en realidad.

De noche. Me baño y me quedo tendido en el sofá.

Miro hacia el techo y soy triste. Vuelvo a sentirme así. Apesadumbrado, melancólico, abatido, consternado. Ninguna palabra me complace. Ninguna logra ir más allá de la tristeza. Es un dolor que es muy difícil de contar, que no sé aún cómo puedo pronunciarlo.

Pienso: ahora yo debería estar viendo la imagen de Inés, el suave zigzag de su cuerpo yendo de una esquina a otra de mi memoria, moviendo todo el vaho que hay dentro de mi cabeza. Ese cuerpo, ese destello gris que me mira con curiosidad, esa mujer que me sonríe y que tiene por fin un nombre.

Sin embargo, Inés no aparece. Trato de forzarla pero es inútil. Elena Villalba ocupa todo el espacio.

Comienzo rastreando en las universidades, tratando de encontrar en cuál de ellas ha estudiado. Es predecible pero necesito confirmarlo. Se graduó *summa cum laude* en la Universidad Católica Andrés Bello. En la cuenta de una red social de una de las estudiantes de su curso, consigo ver fotos de la fiesta del vigésimo aniversario de la promoción. Elena Villalba aparece en dos de las imágenes. La primera es un retrato grupal; a su lado hay un hombre alto, de bigote, que con natural autoridad posa su brazo sobre los hombros de ella. La segunda es más singular: en medio de la noche, en lo que parece un jardín, mi psiquiatra está bailando sola. Quizás baila con alguien a quien la oscuridad no permite detallar. Pero lo cierto es que —a simple vista— parece tan sólo una mujer divertida, danzando solitariamente en medio de la grama. Su cuerpo luce mucho mejor. El pantalón ajustado marca la elegancia de sus caderas. Sus hombros muestran un hermoso equilibrio con su cuello, ofreciendo la posibilidad de imaginar unos senos pequeños y perfectos. Pero lo que más me impacta es su sonrisa luminosa. Hay en toda la escena una fascinante e irresponsable alegría que no encaja con Elena Villalba, o al menos con la Elena Villalba que yo conozco.

Indudablemente, la doctora es una mujer reservada. No tiene ninguna información personal en internet. Logro acercarme a ella a través de su hermano menor. Se llama Esteban y está dedicado a la importación de bienes. Todo indica que es un empresario próspero, cuya fortuna ha surgido y se ha expandido gracias a sus excelentes relaciones con el Estado. Esteban tampoco es muy proclive a exhibirse en las redes sociales; parece obvio que desea mantener un perfil bajo con respecto a sus actividades comerciales y a sus negocios. Lo único que a veces comparte públicamente son estampas familiares. En una foto de hace tres años Esteban aparece junto a dos muchachas cuyo físico delata de inmediato que son hermanas. La mayor tal vez puede tener catorce años; la menor, quizás doce. Ambas llevan un corte de cabello bastante similar. Aunque comparten un irremediable tono de familia, una es más blanca y delgada, la otra tiene la piel más tostada y la cara redonda. Los tres miran sonrientes a la cámara. Posan en una terraza, probablemente de uno de los restaurantes que están en El Ávila. Tras ellos, se ve una parte de la ladera norte de la montaña y, al fondo, puede adivinarse el mar Caribe. La leyenda de la imagen dice: "Con Emilia y Julieta, mis dos queridas sobrinas". Comienzo entonces a perseguir en la red a las dos jóvenes hasta que confirmo que, efectivamente, son las hijas de mi psiquiatra. Su padre es el hombre delgado de bigote con quien la doctora está en la fiesta conmemorativa de su promoción de grado. Ambas muchachas han publicado varias fotos familiares donde aparecen los cuatro en distintos lugares. Son, más que nada, recuerdos de viajes, una cartografía de sus vacaciones juntos. En la mayoría de las imágenes, sin embargo, Elena Villalba está más seria que el resto. Parece esquiva. Como si asistiera obligada a la clásica ceremonia de una selfie.

Mis sesiones de terapia casi siempre eran de tarde, después de la salida de mi oficina. Mentalmente recorro el espacio: el diván gris, una pequeña mesa en una esquina. A la izquierda se encontraba un escritorio de madera, sencillo, no demasiado grande. En otro ángulo, frente a la puerta, había una maceta con un ficus delgado que casi rozaba el techo. Las paredes eran blancas, sin adornos. Al fondo, detrás de la silla donde se sentaba siempre la doctora, había un estante con libros y algunas plantas pequeñas. Jamás pensé que en ese lugar había una videograbadora. Jamás sospeché que la doctora pudiera llevar algún tipo de registro adicional. Desde el instante en que ella, en la cárcel, mencionó las grabaciones, sentí que algo dentro de mí se desinflaba. Como siempre, en ese momento no supe cómo reaccionar, pero poco a poco, a medida que fue pasando el tiempo, esa sensación fue creciendo. La revelación me produce zozobra y me llena de interrogantes.

¿Acaso grababa las sesiones de forma clandestina, a escondidas de sus pacientes? ¿O les avisaba antes? ¿La dinámica formaba parte de un pacto, de un acuerdo entre ambos? Y si era así, ¿con qué criterio elegía o decidía qué paciente debía ser grabado? ¿Cómo usaba ese material después? ¿Lo usaba ella sola o lo compartía con otros especialistas? ¿Lo discutía con el propio paciente?

Intuyo que la doctora quizás me grabó. Tal vez mis sesiones se encuentran en ese dispositivo que tanto busca todo el mundo.

Pero, si lo hizo, jamás me lo consultó, no me lo preguntó antes ni tampoco me lo informó después. Imaginar esa posibilidad me produce aún más perturbación. Me siento como alguien que de pronto descubre una cámara oculta en su baño.

Ahí estaba yo, semana tras semana, sentado en el diván, sudando, lleno de miedo, haciendo esfuerzos enormes para hablar. Ahí estaba ella, en su silla, imperturbable, escuchándome, mirándome. Y ahí estaba también, entonces, una videograbadora, registrando lo que ocurría y lo que no llegaba a suceder.

Pienso: una película sin guión. La tristeza es una historia sin forma.

Desde el principio, me asombró el precio de las consultas. Como Mauricio me había advertido, la doctora Villalba manejaba distintos costos. Junto a otros psicólogos y psiquiatras, participaba en un programa de apoyo voluntario, de solidaridad. Ella me lo planteó también con claridad al final de la primera cita. Pensaba que era imposible no cobrar nada; era necesario que yo "invirtiera" en mi espacio —comillas clínicas— pero, tomando en cuenta la situación del país, no deseaba que la consulta se convirtiera en algo inalcanzable, prohibitivo. Me preguntó cuánto podría pagar. Yo se lo dije y ella estuvo de acuerdo. Ahora toda esa imagen de nobleza personal de pronto está en crisis. Grabar a escondidas las debilidades ajenas me parece inaceptable.

En 1933, el norteamericano Earl Zinn graba por primera vez con un dictáfono una sesión de psicoanálisis. Casi diez años después, en 1942, también en Estados Unidos, Carl Rogers y otros investigadores ya usan con frecuencia las grabaciones en sesiones y estudios de psicología clínica. La experiencia pasa a Europa y ahí —según lo registra la revista *Lancet* en 1948— se da el primer debate ético sobre el uso de este nuevo recurso en las prácticas terapéuticas. A partir de 1985, cuando aparece en el mercado la primera videocámara portátil, la experiencia se vuelve cada vez más habitual y comienzan a desarrollarse diversas hipótesis sobre la videoterapia. Pero la discusión moral de fondo permanece, dividiendo a profesionales y especialistas en dos bandos, a favor o en contra de las grabaciones. En cualquiera de las dos posturas, sin embargo, en el campo de la investigación o en el área del ejercicio clínico, no se plantea nunca la posibilidad de llevar algún tipo de registro audiovisual sin el previo consentimiento del paciente.

Todo lo que leo acorrala a la doctora.

Si las grabaciones se hubieran hecho de manera abierta, tras un común acuerdo con sus pacientes, no habría ningún conflicto. La policía ya estaría enterada. Los propios pacientes —incluyéndome a mí— sabríamos de esta modalidad y habríamos declarado sobre esto a las autoridades. La asistente no se las habría robado. Las grabaciones no tendrían por qué ser un peligroso secreto, una amenaza, el material de un chantaje. ¿Por qué entonces son tan importantes? ¿Qué hay en ellas? ¿Por qué la doctora necesita evitar que esas grabaciones lleguen a la policía? ¿Y por qué la policía las busca de una manera tan desesperada? ¿Qué peligro o qué amenaza esconden?

El susurro de Elena Villalba al despedirnos:

—No tengo a nadie más.

La mirada capciosa de García o de Jiménez al preguntarme qué me contó mi terapeuta en la cárcel.

Saber algo que ellos no saben me inquieta. El secreto me debilita. Saber y no decirlo me convierte en sospechoso.

La campaña de Roco-Yo en las redes sociales. La marea de supuesta información, de chismes, de insultos. El teléfono celular convertido en un tribunal portátil. En una guillotina.

Despierto de madrugada con un alarido. Estoy empapado, respiro a trompicones, con dificultad. Aún sin encender la luz, doy golpes con la mano sobre la mesa de noche, busco a tientas la libreta y la pluma. Es un ejercicio que me sugirió la doctora Villalba. Escribir los sueños lo antes posible, mientras pueda recordarlos, tratando de atrapar su fugacidad casi en el mismo instante en que se deshacen. Enciendo la luz, escribo a toda velocidad, mutilando las palabras. Los sueños se evaporan rápidamente. Aunque parezcan enormes, enrevesados o muy vastos, en verdad siempre son muy ligeros, ingrávidos. Pierden su elaborada consistencia en muy pocos segundos. Son monstruos livianos.

Camino por una ciudad que no conozco, con calles amplias y escasa vegetación. Voy viendo a mi alrededor. Hay un hombre con papeles en la mano, que grita y ofrece un taller para suicidarse. En una esquina hay un teatro donde anuncian suicidios colectivos. Luego veo una tienda que vende distintos instrumentos para poder matarse de diversas maneras… De pronto, escucho un golpe líquido, como si una bolsa llena de agua cayera del cielo y se estrellara contra el pavimento. Y luego otro. Y otro más. Y entonces me doy cuenta de que desde el cielo está cayendo gente. Cada vez más gente. Gente de todo tipo. Gente que termina aplastada en el suelo.

Desparramada. Gente como bolsas que se revientan al tocar el piso. Es como una epidemia de suicidas que caen del cielo. Comienzo a correr, aterrado y desesperado. De lado y lado, atrás y adelante, sólo oigo gritos. Gritos y ruidos. Sólo veo cuerpos cayendo. La calle comienza a llenarse de huesos.

Yo corro tratando de escapar.

Corro como si estuviera en medio de un derrumbe de pájaros.

Corro como si yo pudiera ser el próximo.

De repente, frente a mí, veo que también corre una muchacha. Tiene las piernas largas y delgadas. Lleva pantalones cortos. Está descalza y da zancadas enormes. Trato de alcanzarla pero se aleja. Estiro la mano para tocarla, logro agarrar su cabello, lo jalo, pero luego ella desaparece, se esfuma. Trato de correr más rápido y siento que cada vez me cuesta más, cada vez hay más huesos en el suelo. Estoy pisando cangrejos secos. Pero sigo y sigo hasta que me quedo sin piso y todo desaparece. Y caigo hasta dar un brinco y un alarido. Abro los ojos y las sábanas son algas.

No puedo dormir. Camino despacio y pesadamente por el apartamento. Son las cuatro y media de la madrugada. Me asomo a la ventana. En medio de la oscuridad, de pronto veo un extraño resplandor en el edificio de enfrente. Es una luz errática que se mueve detrás de un balcón, justo a la misma altura de mi ventana. Sigo con la vista ese destello irregular, queriendo dibujar el trazo, tratando de encontrar un relato en su movimiento. De pronto, aparece también un reflejo plateado que ilumina brevemente el espacio. Es sólo un segundo. Pero me basta para ver una cámara, un lente apuntando directamente hacia mi apartamento, hacia mí. De forma instintiva, doy un paso atrás y jalo la cortina. Permanezco estático unos segundos, luego con cuidado vuelvo a retirar la cortina y miro hacia el mismo lugar: un pequeño resplandor blanco titila levemente. Es la luz que me mira, que me sigue; la luz que me vigila.

Inés lleva puesta una falda. Es la primera vez que la veo vestida de esa manera. Y me fascina. La tela es lisa, ligera; arriba trae una blusa de color verde pálido y un collar con piedras y cintas. Parece estar muy contenta. Camina como si no temiera. La observo agazapado en un recodo. Espero que se acerque y de pronto me hago visible en la calle. Como muchas otras veces, me acerco fingiendo que casi acabo de salir de la estación del metro, que recién estoy entrando en la calle. Cuando me ve, sonríe. Voy hacia ella, siempre tratando de aparentar una total naturalidad, como si todo fuera parte de nuestra casualidad cotidiana. El destello gris en mitad de sus ojos me deslumbra. Ella, divertida, abre los brazos.

—¿Y? —pregunta—. ¿Tu saludo especial?

Acepto la broma con una sonrisa, alzo la mano, musito un ho-qué apurado, arrimo una pregunta amable, un cómo estás de manual. Ella dice que está bien, yendo al trabajo, ni modo y para variar. Y entonces yo me quedo en silencio. Como siempre, no sé ir más allá. Es como si la conversación, de pronto y tan pronto, hubiera llegado a un precipicio. No tengo cómo seguir. Los dos vamos a caer en un abismo.

En momentos así, inevitablemente recuerdo a Mauricio. Él me hubiera pateado. Hace años, se empeñó en obligarme a ensayar posibles salidas ante situaciones de ese tipo. Era casi un taller personal para aprender a interactuar con los otros.

Ahora Mauricio me diría algo así: ¡no te puedes quedar mudo justo en este instante! ¡Es lo peor que puedes hacer! ¡Estás poniendo la cagada del pato macho!, ¿entiendes? Por el contrario, es el momento de atacar, de proponer algo, de hablar y ser simpático. ¿Qué crees que va a pasar si te quedas con la bocota cerrada?

No sé qué puede pasar. Por lo general, no pasa nada. Yo permanezco pasmado, como si el alfabeto se me hubiera congelado en la garganta. Ella deja un saludo y sigue su camino, apurada.

Pero hoy es distinto. De pronto:

—¿Por qué no nos tomamos algo y hablamos con más calma uno de estos días?

Inés habla sin esfuerzo, dejando que las letras vuelen por el aire. Sin rubor. Sin pestañear. Me maravilla. Parece tan fácil.

—Siempre nos vemos aquí en la calle —continúa diciendo—, nos saludamos. Pensé que de pronto podríamos ir a…

—Sí, sí —la interrumpo, muevo las manos, hablo rápido—, tienes toda la razón. Yo justo estaba pensando en eso mismo, te lo iba a decir ahora.

Ella sonríe de medio lado, con ternura y picardía.

—Entonces, ya está. ¿Puede ser mañana viernes?

—Por supuesto. Este viernes es perfecto.

Quedamos en encontrarnos en una cafetería cercana, dos calles más arriba. Al despedirnos, Inés se alza sobre la punta de sus pies y me besa en la mejilla. A partir de ese momento, puedo repetir estas frases durante todo el resto del día: al despedirnos, Inés se alza sobre la punta de sus pies y me besa en la mejilla. Al despedirnos, Inés se alza sobre la punta de sus pies y me besa en la mejilla. Al despedirnos, Inés.

Todavía incrédulo, la veo alejarse. Me toco la cara con dos dedos, buscando. Como si el beso se hubiera hundido dentro de mi piel.

Paso el día en el Archivo tratando de que nada más me contamine. Sólo existen Inés y el viernes. Pero es imposible esquivar a los otros. Me acorralan de manera natural. Natalia me cuenta que el Director General se ha enterado de que la policía vino a verme por segunda vez. En el baño escuché a dos compañeros conversando sobre Roco-Yo. Al salir a la hora del almuerzo, creí ver nuevamente al hombre con cojera que me estuvo vigilando... No hay forma de escapar.

¿Por qué les das tanto poder a los demás?
    Porque los demás siempre están demasiado cerca.
    Porque no sé cómo alejarlos, cómo sacarlos del camino.
    Porque los demás nunca se acaban.

Mi madre me llama para recordarme que mi padre cumple años, que esta noche habrá una pequeña reunión en su casa. Vecinos y amigos, dice. No te olvides, dice. No te olvides de llamarlo, también dice. Le digo que sí a todo. Ambos sabemos que mi padre pasará todo el día más ansioso que de costumbre. Luego le pregunto cómo está ella y me contesta con su respuesta más clásica: "Ahí".
    ¿Cuántos misterios caben en esas comillas?
    Siempre me ha parecido perturbadora esa forma que tiene mi mamá de definir un momento, una circunstancia o un estado de ánimo. Hasta donde llega mi memoria, mi madre ha estado permanentemente "ahí". A veces, se extiende un poco más y agrega un adorno, casi siempre insustancial: "Ahí, poco a poco"; "Ahí, ya sabes"; "Ahí-ahí...". Una vez, le reproché

su indeterminación y su parquedad. Ella sonrió con piedad y me acarició el cabello. Pero después no dijo nada. Con el tiempo, desistí, descubrí que era inútil presionarla. Probablemente, detrás de esa mínima palabra se esconde un inmenso incendio que no está dispuesta a mostrar, que jamás me va a enseñar.

Cuando en la tarde suena mi teléfono, creo que nuevamente es ella quien llama. Aún no he llamado a papá. Pero noto que se trata de un número desconocido y decido no responder. Mi sistema de alarmas se enciende. Cinco minutos después, el teléfono vuelve a repicar. Lo mismo. La situación se repite con una precisión irritante hasta que termina la jornada. Mientras voy de regreso a mi casa, mi celular continúa soportando la insistencia de un número sin identificación. Mi inquietud se alimenta de estos enigmas. Bajo la ducha, aprovechando el horario del agua de las seis de la tarde, voy recorriendo las posibilidades, pienso en la doctora, en su abogado; pienso también en Gisela Montes, su asistente. Pienso por supuesto en la policía. En algún momento, la regadera comienza a toser, sufre un espasmo. Me apuro en quitarme el champú del cabello. Salgo todavía sacudiéndome algo de espuma con la toalla y veo, entonces, que tengo un mensaje de voz en mi teléfono. Es una mujer joven —calculo que no tiene más de veinticinco años— con una amabilidad impostada y un exceso de entusiasmo. Me informa que el equipo de producción de Roco-Yo está interesado en contactarme y en conversar conmigo. Quieren ponerse de acuerdo para hacer una cita lo antes posible.

Siento que mis pulmones se cierran, se enroscan, como si fueran caracoles.

Doy unos pasos, me quedo de pie en la sala, frente a la ventana.

No puedo controlarlo. Es un arranque instintivo, un arrebato. La llamada me devuelve a la realidad. Me sumerjo en internet, buscando alguna novedad que pueda haber aparecido en cualquiera de las redes del influencer. Efectivamente, el caso de la Doctora Suicidio sigue siendo el tema central de sus contenidos. Y Roco-Yo anuncia una primicia, ofrece información nueva. Ha encontrado otra víctima: la chica del viaducto. La misma foto de la muchacha que tenía el oficial García o Jiménez en su teléfono celular está ahora circulando velozmente en toda la autopista digital. Roco-Yo pide respeto y discreción, habla de la inocencia de la juventud.

Me escama la manera en que él mismo se ha convertido en un medio de comunicación. Él produce la noticia, le da forma, la analiza y la comenta, la juzga, la empaqueta y la distribuye, sin ningún límite, sin ningún pudor. Me estremece saber que Roco-Yo ya está en mi buzón de mensajes.

Su nombre legal, el nombre que aparece en su cédula de identidad y en su pasaporte, es Roberto Santana. Según varias leyendas, Roco es un apodo familiar que viene desde la niñez y que no parece tener ninguna génesis particular. El Yo fue un añadido que surgió luego, en su vertiginoso tránsito hacia la notoriedad. Roberto Santana termina la secundaria y no quiere continuar estudiando. Nada le llama la atención y no le interesa formarse en alguna rama académica o técnica. Creer que la educación tiene algún tipo de relación con el trabajo, con las formas de ganarse la vida o con la riqueza, le parece un error. Piensa que más eficaz y poderoso es su don, su carisma, su potencial como fabuloso vendedor.

Cuando la empresa trasnacional Blue Kailler organiza un concurso para jóvenes que deseen desarrollar una pieza publicitaria personal, casera, grabada desde su teléfono, Santana se anima de inmediato a participar, confiado en su talento y en su simpatía. El premio principal del concurso es un contrato con la marca; el ganador pasará a formar parte protagónica de una campaña publicitaria destinada al segmento "Millennials en Latinoamérica". "Cambia tu vida en un clic", promete la consigna del certamen.

La línea de producción fundamental de Blue Kailler son los artículos para el cuidado personal masculino: desde desodorantes hasta diferentes potajes para untarse antes de dormir, pasando por varios tipos de fragancias, espumas de afeitar, aparatos para cortarse los vellos de la nariz o limas especiales para las uñas de los pies. Santana trabaja con ahínco, se graba a sí mismo de distintas maneras, con atuendos diversos, pero siempre con la misma brillante sonrisa. Su verdadero ingenio, sin embargo, sólo aparece después, cuando se entera de que no ha ganado. El fracaso revela su auténtico talento.

Recibe una correspondencia escueta y cortés, donde una directora corporativa de la empresa y el presidente del jurado del concurso le agradecen su participación, valoran la pieza enviada, le comunican que no ha resultado triunfador, pero lo animan a seguir adelante, le aconsejan colgar ese mismo material en un conocido espacio de la web donde cualquiera puede compartir sus videos personales. Aunque esto no forma parte de la versión oficial, se puede deducir fácilmente que Santana no tolera el rechazo. Decide vengarse. Pasa semanas ideando, produciendo y grabando varias piezas y luego, un viernes en la noche, las sube a la autopista digital. Todas las escenas son burlas virulentas de las propagandas y los productos de Blue Kailler. Su éxito es instantáneo. Sus secuencias se viralizan con una velocidad sorprendente. La primera que llama la atención es muy breve: Santana presenta un novedoso desodorante anal y realiza una divertida y cínica parodia de una conocida publicidad de Kailler. Su nombre de batalla es Roco. Muy pronto empieza a sumar seguidores. Pero muy pronto, también, comienzan a aparecer los imitadores. De repente, en la red hay no uno sino varios aspirantes a influencers que se llaman de la misma manera aunque con algunas ligeras variantes: Rocco, Roko, Rocko, Rokco, Rockko… La mayoría de ellos, igualmente, tratan de copiar las rutinas y el tono que ha inaugurado Santana.

De acuerdo con uno de sus críticos más virulentos, en ese momento Santana entiende que ha entrado en un mercado salvaje e intenta defenderse de la misma manera. En las redes, todo resulta vacuo y efímero; se puede ser feroz y despiadado sin consecuencias visibles. Se puede ser sicario, torturador o asesino serial. Nada importa. En las pantallas, nunca hay sangre que limpiar. Santana actúa con rapidez. Aumenta su velocidad en la producción de contenidos, se vuelve aún más beligerante y posiblemente invierte dinero en la compra de seguidores. También se le acusa de haber contratado equipos especiales para acosar y destruir a algunos de sus imitadores o rivales. En el mundo digital, los cadáveres son invisibles.

Según confiesa en una escueta autobiografía que está en su *site* personal, mientras libra todas estas batallas decide también modificar su nombre. Una noche, en su casa, frente a un espejo, se interpela seriamente a sí mismo; escudriñando en su imagen se pregunta qué diferencia debe destacar, cuál es el énfasis único, original, personalísimo, que debe añadirse a su nombre. Sólo ve su propia cara. Después de unos segundos, siente el sobresalto de una epifanía, entiende que todo puede resumirse en la complejidad de un monosílabo. Así nace Roco-Yo. De la profundidad de su propio reflejo.

Saber la verdad no necesariamente nos hace mejores.

Conocer más sobre la vida y la naturaleza del influencer sólo nutre mi rencor hacia él. Me cuesta soportar que Roco-Yo le diga Sofi a Sofía Aranguren. Así se llamaba la muchacha que saltó desde lo alto del viaducto. Pero Roco-Yo le dice Sofi. La trata con una familiaridad que me impresiona y me horroriza. Ha entrado en su intimidad y la ha saqueado. Ahora ofrece datos, muestra imágenes personales y promete una entrevista especial con un joven que supuestamente era novio de la suicida. Pero para acceder a esta conversación, antes hay que suscribirse al canal que Roco-Yo acaba de estrenar en una nueva plataforma y que, de manera gratuita, al menos al inicio, ofrecerá toda clase de contenidos exclusivos.

La última vez que habló conmigo, García o Jiménez me dijo que la conexión entre Elena Villalba y la muerte de Sofía Aranguren era un secreto policial, una línea de investigación que apenas se estaba iniciando. ¿Cómo puede, entonces, estar esa información en manos de Roco-Yo? ¿Por qué la vida privada de Sofía Aranguren está desnuda y expuesta en las redes?

Suena el teléfono.

Cierro los ojos. Por un segundo, deseo un pequeño milagro doméstico. Que Mauricio sea quien llame, por ejemplo. Que sin ton ni son, de repente, desde Chile, Mauricio haya decidido sorprenderme, llamándome. Necesito ser escuchado. Más que hablar, lo que requiero realmente es sentir de nuevo la inequívoca sensación de ser escuchado.

La amistad es una oreja.

Mi madre pregunta si todavía estoy en la casa. Miento. Le juro que ya estoy en camino.

De joven, mi madre debió ser muy atractiva. Una vez la observé escondido en el baño. Yo tenía seis años. No quería espiarla. Fue involuntario. Estaba buscando algo, no recuerdo qué, cuando escuché sus pasos y, por bromear, queriendo darle un susto, me escondí detrás de la cortina que tapaba el área de la regadera. Era una cortina de plástico grueso con un estampado de diversas figuras geométricas en color azul. Mi madre entró y cerró la puerta. Yo estaba acurrucado, preparado para saltar, cuando de repente ya no tuve tiempo de hacerlo. Mi madre había entrado al baño muy apremiada, abriéndose el pantalón y sentándose de espaldas a mí, sobre el retrete. Mi sorpresa quedó congelada. Fueron apenas unos segundos pero la vi. Vi su ombligo, su cintura, sus muslos, su pantaleta; su cuerpo sin ropa.

Y me asusté.

Pensé que si me descubría, justo en ese momento, mi madre se molestaría, me regañaría. Los dos escuchamos el ligero sonido de la orina cayendo en el fondo de agua del inodoro. Luego se oyó lejanamente el repique del teléfono en la sala. Mi madre suspiró con cansancio, tomó papel higiénico, se lo puso entre las piernas, se levantó y se fue, todavía terminando de vestirse. Cuando la oí tomar la llamada, salí de la ducha. Me asomé a la poceta y vi el papel ahogándose en el líquido amarillo. Era una versión de mamá que desconocía.

A la doctora Villalba le interesó esta anécdota. Cuando la rememoré en una sesión, me miró de manera especial. Tal vez pensó que yo no me daba cuenta, pero la capté de inmediato. Los terapeutas a veces olvidan que los pacientes también pueden percibir nítidamente sus reacciones. O creen que su disimulo es perfecto, que tienen control sobre el brillo de sus ojos, el breve temblor de sus mejillas, el cansancio de algún gesto. Pero se equivocan. Los pacientes conocen la sutileza de sus cuerpos, aprenden a leer sus miradas, distinguen incluso sus cambios en la respiración.

Los pacientes también vigilan a sus psiquiatras.

La doctora Villalba me preguntó si no sentía que yo hablaba poco sobre mi madre. Lo pensé. Quizás era cierto. En las sesiones, había hablado con más frecuencia de mi padre que de mi madre. Pero eso no quería decir que la tuviera menos presente o que mi relación con ella fuera más oscura y complicada. Se lo dije. Le dije que sentía que la realidad a veces era simple, básica y vulgar. Que no hacían falta especulaciones elaboradas para analizarla. Mi padre era más excéntrico, más raro y vistoso; más cruel pero también más divertido. Sobre él, siempre tenía algo que decir. Con mi madre era distinto. No todo lo que amamos tiene que convertirse necesariamente en un relato. Eso pensaba. Le dije que yo tenía un vínculo profundo y hermoso con mi madre, mejor que el vínculo que tenía con mi padre. Aunque no la mencionara. Aunque no hablara de ella.

La doctora tomó nota. Respiró de otra manera. No comentó nada más. Nos miramos y transcurrió un instante lleno de sonidos que, sin embargo, nunca llegaron a pronunciarse. Creo que en ese momento me hubiera gustado escucharla.

Pienso: el silencio es importante, pero sólo la palabra cura.

Cuando se abre la puerta del apartamento, el ruido de la pequeña fiesta sale y me abraza, me envuelve, me engulle. La música se mezcla con las distintas conversaciones; sólo puedo distinguir algunas vocales, el sonido de una trompeta, una sílaba que salta de una esquina a otra, media risa que cae al suelo. Me abro paso, tratando de saludar rápidamente, con gestos, sin hablar. Es un grupo reducido y además ya conozco a la mayoría, pero aun así es inevitable, me siento apenado.

Pestañeo rápido.

Mi madre está contenta, trae desde la cocina unas bandejas con arepas pequeñas. Zuleyma, la vecina del piso de arriba, la ayuda. Dejan las bandejas sobre la mesa, la gente con rapidez rodea las pequeñas monedas de harina, amasadas con queso rallado y con chicharrón. En una punta de la mesa, veo dos botellas de vino barato, de rosca. Junto a ellas, hay un frasco oscuro con una etiqueta estridente que promete alcohol con aroma de whisky. Para como está la economía del país, esta celebración es ya un gran lujo. Los invitados se organizan alrededor de la mesa, de pie, bebiendo y hablando animadamente. Al fondo, en un ángulo cerca de la ventana, se encuentra mi padre junto a mi tío Gilberto, quien lo escucha y asiente. Supongo que ese es su regalo de cumpleaños.

Saludo rápido, moviendo la boca como si estuviera hablando, tratando de sonreír naturalmente. Llego hasta donde está mi papá, le doy un beso, lo felicito. Mi tío me pregunta por el trabajo y después, apenas ve la oportunidad, suelta una excusa y se aleja. Miro todo el espacio, siento que estamos en una pecera. Un cubo de agua detenido, atrapado en mitad de la noche.

—Tengo que contarte algo. Es urgente.

Mi padre me jala hasta el final del pasillo, luego entramos los dos al cuarto que durante un tiempo fue el taller de costura de mi madre. Papá cierra la puerta, me mira con ansiedad, tuerce la boca de lado. Está ansioso pero contento. Quizás ya ha tomado varios vasos de vino. Tiene las mejillas más rojas y los labios más flojos.

—Hoy salí con tu padrino.

—Creí que lo iba a encontrar aquí.

—Ya sabes —mi padre mueve el brazo derecho, apuntando el pulgar de su mano hacia su boca—, ya con dos tragos se emborracha. Se fue temprano a su casa. —Vuelve a mirar hacia la puerta, como si temiera no haberla cerrado bien.

—Pero te viste con él antes, ¿no? —trato de hacerlo regresar a la anécdota.

—Es lo que quería contarte —me agarra por el brazo, se aleja un poco más de la puerta, comienza a susurrar—: Tu padrino me llevó hoy a un sitio "especial".

Las comillas están apretadas en su cara.

—Ajá.

Para festejar el cumpleaños, mi papá y mi padrino acordaron verse en la tarde en el centro de la ciudad dormitorio donde viven.

—Me llevó a un *spa*.

—¿A un spa?

—A un *spa* —mi padre abre los ojos, estira las cejas, hace lo imposible para envolver la palabra en un eco—. Tú me entiendes, coño.

Me mira con reproche, me obliga a entrar en un terreno incómodo. Ya intuyo la naturaleza de la anécdota y no sé si deseo escucharla. Hay cosas de mis padres que prefiero no saber.

—Un spa de… —la pausa no es eficaz, se exaspera—: ¡Tú sabes!

Me rindo. Estoy condenado a lo obvio.

—¿Te llevó a un lugar de masajes?

Mi padre sonríe satisfecho, agradecido. Y luego asiente. Con vigor. Feliz.

—Me llevó él —aclara. Recalca.

Quiere contármelo todo. A medida que habla, comienzo a sentir que el cuerpo de mi padre se yergue, se anima. Está cumpliendo años, no tiene trabajo ni sueldo, sostiene en la mano un vaso plástico lleno del peor vino, pero una anécdota ardiente en la lengua lo hace sentirse fugazmente un animal joven, enérgico, vital.

—¿Tú has ido alguna vez a un lugar de esos?

—No. Nunca.

—Pues, no sabes… Había como cinco o seis muchachas. Todas con unas falditas hasta aquí. Y distintas: una mulata, otra negrita, otra blanca que hablaba como colombiana.

Lo oigo pero me cuesta escucharlo, imaginarlo. No sé cómo tolerar tanto entusiasmo. Miro sus labios, detallo sus dientes opacos, grises.

—Entonces, tú tienes que elegir, tú dices esta o aquella, y te la puedes llevar a un cuartico, donde supuestamente te dan el masaje y ya sabes.

—¿Supuestamente?

Saco las comillas de las sombras y las sacudo frente a sus ojos.

No quiero seguir más allá.

Mi padre se ríe y me cuenta que no llegaron hasta el final, que nunca se fueron con alguna de las chicas. No tenían plata. Mi padrino sólo lo llevó a mirar.

—Para que conociera el lugar, para que tuviera la experiencia —dice.

Después de que vieron desfilar a las muchachas, mi padrino fingió indecisión y dijo que no le gustaba ninguna, y anunció que volverían otro día, a ver si había otras chicas. Luego, los dos salieron del local.

—Es un truco de tu padrino. Lo hace con frecuencia —dice mi padre, admirado.

Él siente que vivió una gran aventura y, al evocarla, parece insuflarse de plenitud. Me cuenta que una de las jóvenes llevaba una tanga roja.

—Te juro que todavía estoy asombrado. Jamás había estado en un lugar así. Quedé con mi compadre en que vamos a...

Inesperadamente se abre la puerta. Es mamá. Mi padre queda paralizado de forma instantánea. Ella pregunta qué hacemos escondidos en el cuarto cuando la fiesta está en la sala. Mi padre se pone a la defensiva, responde de manera hostil, dice que nadie se está escondiendo y sostiene —con excesiva vehemencia— que sólo estamos hablando, como padre e hijo. Los hijos y los padres hablan, siempre tienen cosas de que hablar, concluye con exagerada convicción. Mi madre, divertida, me mira con una sonrisa cómplice. Probablemente, ella también supone que el vino tinto es la causa de que mi papá reaccione de esta manera. Intento aprovechar el momento para escabullirme, pero mi madre me retiene.

—En la sala preguntan por el cumpleañero —dice.

Mi padre extiende los brazos, como un actor en el trance de reconocer que se debe a su público, y luego con una media sonrisa alza su vaso de vino y me regala un guiño con su ojo derecho.

—Luego te sigo contando —musita antes de salir.

Apenas mi padre sale, mi madre vuelve a cerrar la puerta y me encara. Su expresión cambia totalmente.

—¿Cómo se llama tu psiquiatra?

Miro hacia otro lado, con la estúpida ilusión de que la pregunta pase de largo y se evapore.

—Es ella —deduce entonces mi madre.

—Sí. Es ella.

Mi madre suspira como si tuviera una plancha de vapor dentro del pecho.

—Pero no le vayas a decir nada a papá.

—Por supuesto que no. Me volvería loca.

Mueve despacio su mano hasta tomar la mía. Con sus dedos toca mis dedos, de manera torpe, nerviosa.

—¿Tú alguna vez pensaste en eso? —pregunta, insegura, trémula.

Levanto la vista del suelo.

—¿En qué?

Mi madre no sabe cómo hablar del tema, cómo nombrarlo.

—¿Por qué fuiste a verla?

Tardo unos segundos en encontrar la respuesta.

—Porque estaba triste.

A ella se le llenan los ojos de lágrimas. Me siento pésimo. Quiero tranquilizarla. Sólo tengo ganas de pedirle perdón.

La única vez que, en una sesión, la doctora y yo hablamos del suicidio, llegamos al tema de manera casi casual. Esa tarde, cuando ya estaba por acabarse el tiempo, hablamos de literatura. Ella me preguntó si me gustaba leer, si leía con frecuencia. Le dije que sí. A veces. Quiso saber si estaba leyendo en aquel momento. Le conté que me gustaba leer sobre todo novelas y que recién estaba terminando una llamada *Los suicidas,* escrita por Antonio Di Benedetto.

Elena Villalba cambió de postura. Su cuerpo dibujó otra tensión sobre la silla.

—¿Antonio Di Benedetto? No lo había escuchado.

—Yo tampoco lo conocía. Es argentino.

Me preguntó por la novela. Le dije que estaba bien aunque era algo rara, no estaba seguro de haberla entendido del todo. La había comprado donde siempre, en los tarantines de saldos, en los remates de libros usados que están debajo del puente de la avenida Fuerzas Armadas. Un día cualquiera, buscando entre la cantidad de ejemplares viejos, el libro cayó en mis manos, el título me llamó la atención y lo compré. Nada más. Sólo eso.

Pero en la terapia no existen los "nada más" ni los "sólo eso".

Comillas con ambiciones de bisturí.

Ahí donde yo sólo veía un libro, mi psiquiatra veía un espejo.

—¿Por qué te llamó la atención el título?

—No lo sé. Porque me pareció duro, directo. ¿A usted no le llama la atención?

Estoy muy cansado y, sin embargo, no logro dormir. La duda de mi madre da vueltas a mi alrededor, zumba. Y entonces veo de nuevo a Sofía Aranguren. Está en el borde del viaducto, mirando la ciudad. Tiene ganas de saltar. Y entonces imagino a la doctora Villalba, también insomne, dentro de su celda, sentada en su cama. Se mira las uñas recortadas. Ya no tiene cuerpo que morder. Me doy cuenta de que aún espero una señal. Todavía no sé para qué realmente me llamó, por qué quería que la fuera a visitar. No saber qué debo esperar de ella me convierte en su rehén.

No tengo a nadie más —repite.

Los últimos días son los más difíciles. Sobre todo por las niñas. Es un poco ridículo decirles niñas a unas adolescentes; lo saben, pero no pueden evitarlo. A veces, peor aún, todavía se les sale el diminutivo: ¿hablaste con las niñitas? La resistencia a concientizar y verbalizar el crecimiento de los hijos probablemente sólo esconde un temor íntimo, natural: sus cuerpos, su edad también son un reloj, una forma de marcar el tiempo, de anunciar la muerte de los padres.

—¿Hablaste con las niñitas? —pregunta.

—No —ella muerde el monosílabo.

Están encerrados en su recámara. Sobre la cama, se encuentra abierta la maleta. Ella dobla las camisas, él está sacando otras ropas de las gavetas.

—¿Cuándo piensas hacerlo?

—Cuando terminemos de guardar tus cosas.

Él se queda quieto, mirándola. Ella continúa moviéndose, ajustando cada prenda, obviando la actitud de su marido.

—Elena —susurra él—. Sé que esto no es fácil para ti. Pero tampoco es fácil para nosotros.

Ella toma las franelas que están sobre las sábanas; sus movimientos son cada vez más veloces y crispados. Ambos sienten que el aire se restriega contra la piel. Al fondo, se escuchan gritos: sus dos hijas discuten, pelean.

Elena lanza un bufido, impotente. Se le cae la percha de la mano. Tiene los ojos rojos. Él se para frente a ella y la toma por los hombros, con calma.

—Si quieres, nos quedamos.

Ella mueve la cara de lado a lado, diciendo que no y aguantando el llanto.

Se abrazan.

—Todo es una mierda.

El proceso ha avanzado con tanta rapidez que ni siquiera han tenido tiempo de tomárselo en serio. Ahora todo se ha vuelto trágico. Les parece increíble que ya hayan decidido que lo mejor es que él y las niñas se vayan del país. Elena no puede hacerlo. Saben que está vigilada. La posibilidad de que la detengan es cada vez más inminente. Y ambos quieren evitarles ese momento a sus hijas. Ya había sido complicado mantenerlas alejadas del conflicto, pero cuando Roco-Yo comenzó con su campaña y la Doctora Suicidio pasó a ser un personaje nacional, fue imposible no hablar sobre lo que estaba sucediendo. El tema ya estaba comenzando a viralizarse en las redes sociales, pronto saltaría a la radio, probablemente a la televisión, y —sin duda— terminaría rebotando también en el patio del colegio donde estudiaban las dos adolescentes.

Un miércoles en la noche, después de la cena, lo conversaron. La propia Elena fue la que inició la plática. Las muchachas escucharon con atención y sorpresa. Les costó entender el problema y sus consecuencias, la dimensión enorme que de pronto parecía alcanzar el trabajo de su madre. Entre los dos trataron de matizar, insistiendo en que todo era parte de una rara confusión y de una todavía más rara campaña de un influencer absolutamente irresponsable. Les aseguraron que no pasaría nada grave pero, al mismo tiempo, les advirtieron que —de seguro— algunos de sus amigos y amigas, así como sus familiares, podrían hacerles preguntas incómodas o comentarios injustos. Todos tendrían que soportar una situación desagradable pero pasajera. Ya su mamá estaba siendo asesorada por otros colegas y por un grupo de abogados extraordinarios.

Dos días más tarde, un alto funcionario declaró que la Fiscalía General de la República había ordenado abrir un expediente e investigar a Elena Villalba. Roco-Yo colgó una fotografía de la psiquiatra y escribió en mayúsculas: "¡VAMOS POR TI, DOCTORA SUICIDIO!". Era la primera vez que una imagen suya aparecía públicamente, asociada al caso.

Se reunieron de inmediato en una cafetería que quedaba cerca del consultorio. Apenas entró, Elena se sintió observada. Al principio, pensó que sólo era su aprensión personal, que estaba proyectando su temor en los otros; pero poco a poco fue constatando que no era así, que ciertamente la gente la miraba, como si la reconociera, como si la ubicara. Ya no era una mujer anónima. Su rostro había comenzado a formar parte del ámbito de lo público. Su marido la esperaba, nervioso, sentado en una pequeña mesa, al fondo del local.

—Estás pálida —dijo él, cuando Elena finalmente ocupó su silla.

—¡Todos me están mirando!

Su marido movió la cara y paseó la vista por el lugar. Algunas personas —clientes y empleados— disimularon, otros continuaron observando a Elena e incluso cuchicheaban con sus vecinos.

—¿Quieres que nos vayamos?

Ella negó con la cabeza.

Él estaba tomando café, ella pidió una botella de agua. Apenas comentaron lo que estaba ocurriendo. Se sentían demasiado incómodos. Hablaban con frases cortas, mirando siempre a su alrededor. Comenzaron a temer que, secretamente, pudieran estarlos grabando. Cuando salieron y se dirigieron al carro, Elena ya había tomado la decisión.

—No quiero que las niñas pasen por esto.

—Va a ser muy difícil. Hace un rato hablé con los abogados. Van a introducir un recurso de...

—Quiero que te las lleves afuera.

Él se detuvo y la miró, impresionado. Estaban los dos de pie, junto a su automóvil.

—Me van a detener, me van a meter presa.

—Aunque las niñas estén lejos, se van a enterar.

—Obviamente. Pero no lo van a ver de cerca. Es distinto. Podrán evadirlo más fácilmente.

Él resopló sonoramente. Miró hacia otro lado. Parecía no estar de acuerdo.

—No estoy de acuerdo.

—Si se quedan aquí, va a ser un infierno.

—Si están afuera, también va a ser un infierno.

Ella lo miró con rabia. Lo menos que deseaba en ese instante era que la contradijera.

Esa misma tarde, él recibió la citación de la Fiscalía. Le pedían que compareciera a un interrogatorio sobre el caso. Los abogados le informaron que también se había girado, de manera preventiva, una orden de prohibición de salida del país para ambos. En la noche, comenzaron a preparar la fuga.

—¿Hablaste con las niñitas? —vuelve a preguntar él, con obsesivo nerviosismo.

Ella dobla la última camisa y sale de la recámara, sin decir nada.

Vuelvo a asomarme sigilosamente por la ventana. En medio de la penumbra de la madrugada, mis ojos buscan y enfocan inmediatamente el balcón del edificio de enfrente. Está lleno de sombras. Sólo puedo ver un reflejo ambiguo. Un objeto de metal, tal vez. Inmóvil.

Doy vueltas por la sala. Sé que necesito cambiar, poner mi mente en otra cosa. Trato de concentrarme en Inés. No quiero imaginar a la doctora Villalba y a su familia. Quiero imaginar a Inés. Cierro los ojos. Intento atajarla. Trato de desnudarla. Quiero que mi cuerpo se excite ante la versión de Inés desnuda. Es inútil. Me encantaría que mi imaginación respondiera como si fuera una mascota. Pero no lo hace. No funciona así. Mi mente es un enjambre, un desorden de imágenes y de sonidos donde todo gira de manera cada vez más incontrolable: Elena Villalba susurra, Roco-Yo baila en un video, Sofía Aranguren flota en el vacío, los oficiales Jiménez y García preguntan, los perseguidores acechan, una luz se mueve en el edificio de enfrente… Inés parece sobrar en medio de este caos. No puedo controlar su imagen. No es mía.

De pronto, añoro las sesiones de terapia. El silencio compartido con Elena Villalba. Siento nostalgia, nostalgia por esa rara hora que teníamos juntos. Anhelo aquello que en algún momento me pareció exasperante.

Me detengo frente al estante que me sirve de biblioteca. Es un mueble delgado, de seis tramos, que se levanta entre la pequeña mesa y la puerta de entrada al apartamento. Vuelvo a escuchar la pregunta:

—¿Por qué te llamó la atención el título?

Busco la novela. Está en el tercer tramo. Abro el ejemplar y comienzo a pasar las páginas, deteniéndome a ver algunas marcas en las esquinas de las hojas. En todo el libro, sólo descubro unas líneas subrayadas: "la cuestión no es por qué me mataré, sino por qué no matarme". Página 102.

Me quedo ensimismado unos segundos, tratando de recordar por qué subrayé esa frase. ¿Me gustó? ¿Me pareció interesante? ¿Qué encontré en ella en el momento en el que la leí? ¿Qué me dice ahora?

Trato de recordar también si, aquel día, hubo alguna otra reacción de la doctora, otra pregunta, un comentario sobre el nombre del libro. Mi memoria no me ofrece nada. ¿Habrá mi terapeuta grabado esa sesión? ¿La habrá vuelto a ver después?

Veo a Sofía Aranguren acostada en el diván. Mira hacia el techo con descreimiento, como si no se tomara del todo en serio la terapia ni el diván.

¿Habrá hablado alguna vez de sus planes con la doctora? ¿Le habrá contado que pensaba lanzarse desde lo alto del viaducto?

Pienso: me gustaría escuchar mis grabaciones.

Pienso: me gustaría escuchar a Sofía Aranguren.

Pienso: me gustaría escuchar a todos los suicidas.

Natalia se da cuenta de inmediato. Y luego pasa todo el día comentándolo. Dice que algo sucede, repite que me veo distinto. Yo disimulo, intento desentenderme, aun sabiendo que ella tiene toda la razón. Empezando por la camisa que llevo puesta: de manga larga, con delgadas rayas azules y blancas. Jamás la había traído a la oficina. Es casi nueva. Mi madre me la regaló en navidades. Natalia se agarra de esa novedad para convertirme en el objeto de su curiosidad. Pregunta mil veces qué pasa, quiere saber si tengo una cita, me interroga sin éxito. Pero, obviamente, logra que me sienta incómodo y, al percibirlo, se alegra e insiste. Va por la oficina exclamando en voz alta frases de este tipo: ¡Miren cómo se pone rojo! ¡Yo lo estoy diciendo desde hace rato: algo se trae! ¡Gabriel!, ¡estás como un tomate!

Pienso: debería haber píldoras para evitar el rubor.

A pesar de todo, me mantengo incólume, finjo que no pasa nada. Pero un poco antes de salir a la cita con Inés, Natalia me avisa que alguien me llama por teléfono. No tengo otro chance, debo ir a su oficina. Ella disfruta el momento. Está sentada en su escritorio, sonríe.

—¿Quién es?

Natalia sube y baja los hombros como si fueran un columpio.

Tomo el auricular, lo llevo hasta mi rostro, lo calzo entre mi oreja y mis labios, pero no digo nada, me quedo en silencio. Atento. Aguardando.

Natalia, delante de mí, tan cerca, me mira extrañada pero también contiene la respiración.

Escucho un barullo distante del que —de pronto— surge una voz:

—¿Estás ahí?

Intento pescar alguno de los sonidos del fondo, trato de ubicar desde dónde pueden estar llamándome.

—¿Eres tú?

Las preguntas no me dan seguridad. Sigo en silencio. Mis ojos se cruzan con los de Natalia. ¿Y si ella es una informante? ¿Y si también me está vigilando?

Con un movimiento abrupto aplasto el auricular contra la base del teléfono. Natalia parece frustrada.

—¿Qué pasa?

—No lo sé. Colgaron.

Salgo rápido, sin dar más explicaciones. Tengo los músculos entumecidos, casi me siento mareado. No pude distinguir la voz, pero tampoco quise seguir con la llamada. Todos sabemos que los teléfonos están pinchados. Hay alguien oyéndonos, siempre, todo el tiempo.

Llego un poco antes a la cafetería. Elijo la mesa que me parece más adecuada, al fondo, en un ángulo apartado, junto a unos porrones donde sobresalen varias matas de bambú. La llamada me dejó erizado. Estoy inquieto, nervioso.

Pienso: el nerviosismo es un virus traicionero.

Pero tampoco puedo contenerme. Mientras espero, reviso en mi teléfono las redes de Roco-Yo. Acaba de anunciar que tiene otro caso. Gracias a su valiente campaña, asegura;

gracias a su divulgación y a sus denuncias, dice; gracias al enorme alcance de su presencia mediática, insiste en repetir; otra de las víctimas se ha acercado a su equipo y les ha contado su terrible experiencia con la Doctora Suicidio. Roco-Yo también promete que muy pronto presentará el nuevo testimonio e invita a todos sus seguidores a imitar este ejemplo, o a animar a otros a hacerlo, y crear un gran movimiento nacional en contra de la locura y de la muerte.

—¿Qué lees?

Inés llega sonriendo con la pregunta en la boca. Aunque la estoy esperando, reacciono como si su presencia me sorprendiera absolutamente, como si no hubiéramos quedado citados en este lugar. Mis manos parecen estar hechas de agua, mi teléfono baila entre ellas durante unos segundos, antes de caer al suelo. Lo recojo, pido excusas, aparto la silla, la invito a sentarse. En momentos como este, así sea fugazmente, recuerdo a Mauricio. Siempre admiré su capacidad para relacionarse con los otros, sobre todo con las mujeres. Siempre envidié su historial de novias y amantes ocasionales. Cuando me enfrento a una situación de este tipo, suelo preguntarme mentalmente: ¿qué haría Mauricio si fuera yo, si estuviera ahora en mi lugar?

Mauricio ahora me diría algo así: te pones demasiado nervioso y eso todo el mundo lo percibe rapidito. Aunque no seas tartamudo, antes de que hables, ya pareces tartamudo, ¿me entiendes? Yo no sé por qué te asustan tanto los demás, coño. Los demás son unos pendejos, como tú, como yo, como cualquiera.

La llegada del mesonero me salva de dar explicaciones tontas. No me parece buena idea comenzar nuestra primera cita hablando de Roco-Yo. Ambos pedimos cerveza. Ni siquiera pensamos en otras alternativas. Sabemos que es lo único que podemos pagar. Ella pasa por alto mi silencio y me pregunta sobre mi trabajo, quiere saber qué hago exactamente en El Archivo.

Antes de la primera cita con Inés, Mauricio de seguro me habría regalado una advertencia de este tipo: las mujeres detestan a los tímidos, ¿sabes? Aunque digan que les parecen tiernos, que son entrañables, es mentira. Pura pose. En el fondo, no los soportan. Bueno, los hombres tampoco, pero lo tuyo son las mujeres y no los hombres, ¿no? Te lo digo sinceramente: en verdad, a nadie le gustan los tímidos. Parecen inseguros, indecisos, blandengues, tontos. Siempre están callados, dudando, no se atreven a decir nada. A la larga son un fastidio, ¿sí entiendes lo que te digo?

Lo entiendo perfectamente, hubiera preferido ser de otra manera. Me hubiera gustado ser más suelto, más seguro, más divertido. Pero nunca lo he conseguido. Veinte palabras sobrias son muchas para explicarle a Inés el mediocre oficio que tengo en mi oficina. Ella capta de inmediato y avanza en otra dirección, me pregunta por mis estudios en la universidad. Logro sorprenderla. Inés se ríe. Le parece insólito, estrafalario. Nunca antes ha conocido a alguien que haya estudiado Geografía. Sonrío contento. Por fin, una victoria, un triunfo. Pero después ya no se me ocurre qué más decir. Comienzo a sentirme torpe. Ella dice de nuevo que soy el primer geógrafo que conoce en su vida. Obviamente, la repetición es una forma de devolverme la palabra, de obligarme a continuar. El resplandor gris, en la mitad de sus pupilas, brilla más que nunca. Me encandila, me deja todavía más alelado, mudo. Por suerte, la intervención del mesonero vuelve a ser salvadora: llega con las bebidas y yo aprovecho para pasar a la ofensiva. Quiero que dejemos de hablar de mí. No me gusta. Hablar de mí me aburre muchísimo.

—¿Tú qué estudiaste? ¿Qué haces en el banco?

La fluidez de Inés me produce un encantamiento mayor. Las frases en su boca se mueven casi de manera musical, con libertad y gracia. Estudió Administración y se desempeña como ejecutiva de cuentas. Su trabajo no le agrada y se queja de las muchas limitaciones del banco. Entre las políticas del gobierno y las crisis económicas, no hay manera de hacer nada. Mientras ella habla, me siento embobado, como si estuviera frente a un milagro que no puedo comprender pero que me estremece. De repente, me doy cuenta de que ha dejado de hablar y me observa con perplejidad.

Mauricio habría dicho: cuando una mujer te mira ambiguamente, agárrala y bésala, pana. Sin sustos, así, de una. Sí. Vas y le das un beso en la boca. Eso les encanta, te lo juro. No tienes que ponerte a descifrar qué coño quiere. Ese justamente es tu problema: piensas demasiado. Como si importara mucho lo que pueda suceder. Olvídate. Lánzate y ya. Escúchame bien: no creas nada de lo que dicen las feministas. A las mujeres les gustan los hombres con iniciativa, con esa fuerza animal, incomprensible, ciega, ¿entiendes?

Mauricio siempre termina preguntándome si entiendo o no lo que me está diciendo. O, al menos, el Mauricio de mi imaginación concluye así todas sus intervenciones. Siempre me pregunta lo mismo. Pero entender no me salva de mí mismo.

Después de hablar de nuestras profesiones y nuestros trabajos, de pronto aparece un silencio. Se cuela como una bola de hilos que surge de la nada y rueda sobre la mesa. Se detiene entre nosotros. Ambos lo vemos y luego nos miramos. Un pánico interior se asoma: ¿y si Inés y yo no tenemos mucho más que decirnos? Me parece criminal. Sería una deslealtad del destino. Pero la pausa que se ha abierto entre nosotros comienza a extenderse y a contagiarme de una gran angustia. Ella se lleva la cerveza a la boca y mira hacia afuera, hacia la calle. No veo su pie pero adivino que se está moviendo, nerviosamente. Temo que ese paréntesis pueda convertirse en un silencio más grande, engorroso y áspero. No encuentro otra forma de interrumpirlo que poniéndome de pie. Me levanto. Tengo que ir al baño, digo. Mientras lo hago, me recrimino mi torpeza, la manera abrupta en que acabo de tratar de liberarnos del silencio. De seguro Inés ha percibido algo raro, está sorprendida y extrañada conmigo. ¿Qué hubiera dicho Mauricio? Entro al baño como si estuviera llegando a un puesto de auxilio.

Con la doctora Villalba aprendí que, en situaciones como estas, lo mejor es actuar como lo hacen los adictos. Siempre hay un momento límite para la resistencia, en el que ya parece irremediable que uno va a sucumbir; es un segundo salvaje en el que se siente que es imposible seguir vivo sin consumir aquello que a uno lo somete. Lo mismo me pasa a mí. Sin drogas, sin alcohol. No necesito de nada exterior. Me pasa conmigo mismo, con mi propia naturaleza. Me encuentro justo en el tris puntual en que puedo caer devorado por mi propia bestia, por mi terror a los otros, por mi incapacidad para relacionarme sencillamente con alguien. Quiero salir corriendo, siento que debo huir antes de perder totalmente el control delante de Inés. ¿Qué es perder totalmente el control? No lo sé. No estoy seguro. ¿Orinarme encima? ¿Ponerme a reír compulsivamente? ¿Comenzar a llorar compulsivamente? ¿Balbucear de manera nerviosa, tratando de contenerme, de decir algo coherente, antes de que ella tome su bolso y se vaya espantada del lugar? Perder totalmente el control puede ser cualquier cosa. Es, sobre todo, un miedo sin formas.

Permanezco un buen rato de pie frente al espejo del baño. Puedo ver mi figura pero quisiera ver también mis fantasmas. *¿Por qué les das tanto poder a los demás?*

Respiro hondo y repito la palabra *calma* muchas veces. Quiero triturarla con los dientes. Pulverizarla. Me aferro a ella, esperando que mi inquietud disminuya. Los adictos en recuperación deben manejar perfectamente estos momentos, ese extremo en que toda la ansiedad del universo se concentra de pronto en un segundo y parece imposible seguir vivo sin consumir heroína o fentanilo, cocaína o alcohol. Pero ellos también saben que así como viene, así también se va; saben que la intensidad brutal y sobrecogedora de ese instante de pronto se desmorona y, entonces, todo aquello que parecía tan inmenso e invencible se deshace, se vuelve leve, frágil.

Veo el vaho de mi respiración sobre el espejo.

Pienso: mis fantasmas también se disuelven.

Empiezo a recuperar el aire. Recupero también mi rostro en el espejo. Me tranquilizo. Ya pasó, susurro. Cierro los ojos.

La puerta del baño rechina. No quiero ver a nadie. Oigo pisadas. Las suelas de goma de unos zapatos se estiran y gritan quedamente. Abro los ojos y capto el reflejo vago del hombre que acaba de entrar. Es alto y delgado. Tiene una barba canosa. En vez de seguir el camino a los urinarios, de pronto se detiene detrás de mí. Nuestras miradas se cruzan en el espejo. Luego, él retoma su marcha. Abro el grifo del agua mientras escucho cómo van sonando las distintas puertas de metal de los dos cubículos que hay en el sanitario. Siento el frío líquido de la adrenalina. Cierro la llave del agua. Cuando me dispongo a tomar una toalla de papel, el hombre está de regreso y se para de nuevo a mis espaldas.

Los ojos se tocan nuevamente en el espejo. Con un gesto suave, el hombre estira la mano y la posa sobre mi hombro. Apenas tengo tiempo de reaccionar.

—Tranquilo —dice—. Ve el domingo a mediodía al estadio. Ubícate en los puestos que están sobre la almohadilla de la primera base.

Su voz es ronca. Nunca antes la he oído.

Después, sin decir nada más, se da la vuelta y sale del baño.

Un sol enorme y anaranjado cuelga del cielo. Debe ser la tercera o cuarta vez en mi vida que vengo al estadio. Vine de niño un día con mi padre. Vine en dos ocasiones más después, con Mauricio, cuando estábamos en la universidad. Hoy es domingo y estamos casi al final de la temporada. Una rebaja en el precio de las entradas y la promoción de dos por uno en las cervezas atrae a mucha gente, el estadio está bastante lleno. Lo detesto. Me gusta el béisbol pero no me gustan las muchedumbres.

Llegué temprano para poder ocupar un buen asiento en el lugar que me habían indicado. Todavía faltaba una hora para que empezara el juego y no había casi nadie. Me senté en una silla en la zona preferente, en la esquina de la fila, junto a las escaleras de cemento que suben hacia las gradas. Me pareció el espacio ideal, situado a la altura de la almohadilla de la primera base y al lado del pasillo libre. Quien quisiera contactarme podía ubicarme fácilmente.

La gente va llegando y el estadio comienza a llenarse con bastante rapidez. Muy pronto, el ruido empieza a desconcentrarme. Además de las voces de la gente que —con o sin gritos— se desplaza por todos lados, suenan diferentes tipos de silbatos, *vuvuzelas* y otros artefactos para la creación de diversos tipos de aullidos. Hay, también, un grupo enorme con tambores y bocinas en las gradas de arriba. Todo crea un efecto de hervidero estridente, una marea, un alboroto flexible que va y viene, como una balsa destemplada, flotando sobre el campo.

El gentío produce sordera.

Todos parecen disfrutar del partido mientras yo estoy expectante, cada vez más ansioso y tenso. No sé qué hago aquí. No sé qué o a quién espero. No sé qué puede pasar. Mis ojos dan picotazos. Asumo que todo lo que está ocurriendo es producto de un plan urdido por la doctora Villalba. Supongo que todo este entramado que concluye en un domingo y en un juego de béisbol tiene que ver con ella. No hay otra opción.

El error de un jugador en el jardín central enardece al público que me rodea. Yo sólo muevo la cabeza, como un autómata; debo ser el único que —en vez de estar atento a lo que ocurre en el terreno de juego— se dedica a mirar al público.

Después de una hora, me siento derrotado. Estoy en una fiesta a la que no pertenezco. En medio del bullicio, siento nítidamente cómo dentro de mí comienza a despertar la tristeza. Es una pesadumbre liviana que se levanta poco a poco y, en medio de la algarabía, va tomando forma dentro de mi cuerpo, se adhiere a la respiración.

Pienso: es mi manera de estar con los otros.

Cuando volví a la mesa, la noche del viernes, todavía estaba bajo el impacto de mi encuentro inesperado en el baño. Todo el ejercicio realizado frente al espejo se había desvanecido en un instante y me sentía peor, más alterado. ¿La lengua? Nula. ¿Las manos? Inquietas y ciegas. Inés, inocente de todo, sonreía con aparente tranquilidad. Es probable que estuviera preocupada por mi actitud, pero sin duda estaba haciendo un esfuerzo por disimularlo. Intenté retomar el ritmo que llevábamos, volver a una conversación más personal entre los dos. Después de decirme que sus padres eran de Cumaná y que, de niña, ella también había vivido dos años en el oriente del país, comencé a sentir que mi perturbación regresaba, con más energía, queriendo vengarse. Traté de controlar un pavor irracional y totalmente injustificado. Orejas mojadas. Manos calientes. Comencé a pestañear de manera enloquecida, tanto que Inés dejó de hablar, me preguntó qué tenía en la vista, qué me pasaba. De manera abrupta, pedí la cuenta con un gesto, le dije a Inés que tenía que irme, puse como excusa una supuesta llamada que acababa de recibir en el baño, le conté que mi madre tenía un problema, arrastré la silla, se me cayó el suéter al suelo, saqué unos billetes… Todo al mismo tiempo.

Quería arrancarme las orejas. Quería regalar mis manos.

Cuando salimos a la calle, seguí pidiendo excusas. Perdóname. Se lo dije varias veces. Como si fuera el estribillo de una canción. También intenté entonar su variante: discúlpame. Lo dije varias veces. Y moví los brazos en todas direcciones. Y le pregunté si tenía plata para el pasaje. Y nuevamente le hablé de mi madre. Y otra vez: perdóname. Y otra vez: discúlpame. Sin dejar de moverme.

Todo al mismo tiempo.

Inés, desprevenida, trató de serenarme, me dijo que entendía perfectamente, que no me preocupara. Antes de alejarse hacia la estación del metro, me deseó mucha suerte.

Yo mentí:

—No siempre soy así.

Una exhalación colectiva acompaña de pronto el viaje de la pelota por el aire. El susto y la emoción se juntan fugazmente hasta que uno de los jugadores atrapa la bola en su guante, muy cerca ya del fondo del parque. Luego vuelven los gritos. Unos se lamentan; otros celebran. Todos con el mismo estrépito. Un vendedor ambulante se me acerca y me ofrece una botella de cerveza y un vaso de cartón. Levanto la mano, rechazando la oferta. Trato de no distraerme. En el fondo, además, estoy evitando tomar líquido por una razón muy básica: los baños. Odio los inmensos urinarios del estadio. Mear siempre me ha parecido un acto íntimo, no una ceremonia pública. Cuando fui con mi padre por primera vez al estadio, yo tendría nueve o diez años. A la mitad del partido, papá se puso de pie, me tocó el hombro y dijo: ven, vamos a echar una meadita. Lo seguí por el pasillo hasta el enorme sanitario. La fila de urinarios estaba casi completamente llena. Mi padre ubicó dos desocupados y me empujó hacia ellos. A cada rato entraban y salían personas, metiéndose o sacándose la verga del pantalón. Mientras orinaban o esperaban que quedara libre algún puesto, todos hablaban, comentando el juego, criticando o alabando la actuación de alguno de los peloteros. Mi padre también lo hacía, en voz muy alta; se reía, burlándose del árbitro. Yo estaba completamente paralizado. Me sentía pasmado, no lograba orinar, no me salía nada. Mi padre preguntó si ya había terminado y dije que sí. Cerré mi pantalón y le di a la palanca del agua. Un hombre gordo, detrás de mí, comenzó a aflojar su correa, impaciente porque le cediera ya su espacio frente al delgado retrete de cerámica.

El vendedor de cervezas regresa e insiste. Vuelvo a decirle que no. El ambulante me mira con una rara expresión, como si mi negativa le pareciera incomprensible. Se aleja. El juego ya va muy avanzado. Me preocupa que finalmente no ocurra nada. Trato de realizar un ejercicio más riguroso de observación.

Arriba, a la izquierda: en un ángulo del pasillo central hay un hombre mirándome. Está de pie, su postura guarda una rara firmeza. Lleva lentes de pasta, oscuros, pero la inclinación de su cara indica claramente que sus ojos me rondan, dan vueltas sobre mí.

En el centro, en la misma zona preferente: una mujer de unos treinta años, a la que el juego parece fastidiarle enormemente, ha cruzado en varias oportunidades su vista sobre la zona donde yo me encuentro sentado. Hay algo en su corte de cabello que me intriga. Me recuerda a las oficiales que he visto en el reclusorio.

A la derecha, un poco más abajo: un hombre mayor pasea la mirada sobre la cancha pero, con frecuencia, como si fuera un descuido, gira completamente y nuestras miradas chocan.

Unas filas detrás de mí: un joven con vestimenta deportiva parece estarme vigilando. Puedo sentir permanentemente sus pupilas hundidas en mi nuca. Cada vez que —fingiendo un movimiento casual— me doy la vuelta, la mirada del joven de inmediato se separa de mí y —fingiendo también un movimiento casual— aterriza en otro lado.

Sigo esperando. Me siento cada vez más inútil. Me pregunto si, en verdad, vi a alguien en el baño de la cafetería, o si tal vez sólo fue algo que soñé anoche y que luego, durante el día, mezclé de forma confusa.

Busco en el teléfono alguna novedad. Roco-Yo ha colgado en su cuenta un mensaje donde asegura que —según una fuente de muy alto nivel— la policía ha encontrado una pista nueva en el caso. El influencer ofrece un adelanto trepidante: "¿Sabían ustedes que la Doctora Suicidio filmaba en secreto a sus pacientes?". La pregunta ya tiene doce mil trescientos veintiséis comentarios. Roco-Yo también anuncia que esa noche, en su canal privado, habrá una mesa de debate con dos psicólogas reconocidas, quienes disertarán abiertamente sobre el carácter profesional y ético de la grabación de sesiones de terapia. En algún momento de su mensaje de promoción, Roco-Yo insiste en la importancia histórica de lo que está sucediendo y asegura que la Doctora Suicidio es "un problema nacional".

La muchedumbre ruge.

Algo ha ocurrido en el campo. Todo el mundo se pone de pie y muchos comienzan a gritar. Algunos sacuden sus vasos, lanzando cerveza al aire. Siento las gotas frías en mi cabello. En medio del alboroto, el vendedor ambulante se acerca y se detiene por tercera vez junto a mí. Su expresión es distinta, una mueca severa se dibuja en su cara. Se inclina hacia adelante y me ofrece un vaso de cartón. La algarabía no me deja escuchar lo que trata de comunicarme. Es algo simple y rápido que dice mientras incrusta con fuerza el recipiente en mi mano; luego mira hacia abajo y dobla los labios, señalando un punto. Sigo con los ojos la línea invisible que salta de la boca del vendedor de cerveza y recorre varios metros hasta tropezar con un hombre alto que trae puesta una cachucha azul. Su barba canosa lo delata. Está de pie, mirándome; a la distancia, hace un gesto imperceptible, algo que no llega a un saludo pero que tampoco es una equivocación. El vendedor ambulante se aleja y sólo entonces caigo en la cuenta de que el vaso no pesa nada, está vacío. Me asomo a su interior y veo un pequeño objeto en el fondo. Cuando levanto la vista, el hombre de la barba gris ha desaparecido. Paseo la mirada, tratando de rastrearlo, pero sólo veo gente, mucha gente, la masa que se menea desordenadamente. Más eléctrico que nunca y haciendo enormes esfuerzos para aparentar total normalidad, extraigo el objeto. Es una lámina del tamaño de una uña. Deduzco de inmediato que es el chip de la videocámara de la doctora. Lo dejo caer en el bolsillo del pantalón, mirando de nuevo hacia todos lados. La gente continúa gritando mientras los jugadores corren en el campo. El sol se ha alejado, dejando en lo alto del cielo un amplio resplandor blanco. Quiero irme pero no sé si debo hacerlo. Si me han seguido, si hay gente vigilándome, podrían sospechar algo. Recorro con la mirada a la multitud, tratando ahora de encontrar a los otros, a quienes me persiguen. Es un ejercicio estresante. Pueden ser todos.

Me pongo de pie.

Me vuelvo a sentar.

Mis movimientos no tienen nada que ver con el juego. No se corresponden con lo que sucede en el campo. Pero no se me ocurre otra cosa. Después de un rato, creo que ya ha transcurrido suficiente tiempo y aprovecho una nueva euforia colectiva para fingir que voy al baño. Me mezclo con un grupo de fanáticos que discuten entre ellos. Trato de ser uno más. De borrarme.

No logro ni siquiera llegar a los lavamanos. Giro y me escurro entre las personas que entran y salen, voy sorteando los tarantines que venden comida, doy un rodeo y termino saliendo por el estacionamiento hacia el pasadizo que comunica el estadio con la universidad. Sólo me tranquilizo cuando llego a mi edificio. Pero apenas salgo del ascensor, sé que algo ha ocurrido. El pasillo está vacío, no hay ningún indicio de alarma, ninguna señal que evidencie un suceso o una situación distinta y, sin embargo, tengo esa certeza. Siempre me ha parecido insólito que, con tanto avance científico y médico, el sexto sentido no tenga un nombre más específico, un nombre más propio. Es más que una intuición. Avanzo hacia mi apartamento con la rotunda seguridad de que algo ha pasado.

Cuando introduzco la llave en la cerradura, constato que la puerta ha sido forzada. La llave no gira con facilidad dentro del engranaje. Lo intento varias veces, presiono la madera con mi cuerpo, hasta que por fin el picaporte cede. La puerta resbala lentamente hacia adentro, dejando ver el completo desorden en que se encuentra mi casa. Permanezco rígido bajo el dintel, observando el nuevo escenario: muebles volteados, libros y papeles en el suelo, los gabinetes de la cocina abiertos y vaciados, cojines rajados, mi pequeña nevera abierta, con su luz interior que palpita, indecisa.

—Fue hace como cuatro o cinco horas —la voz suena a mis espaldas.

Es la vecina del apartamento D, una mujer bajita y gruesa. Casi siempre viste de la misma manera: shorts holgados, franela sencilla de cuello redondo, chancletas de plástico. No recuerdo su nombre, pero sé que es enfermera jubilada. Tiene tres hijos, pero todos están afuera. Vive con muchos gatos, a todos los ha recogido en la calle; los trae a su casa, los cuida. Una vez, algún vecino receloso pegó un papel en el espejo del elevador, acusándola de tener dieciséis animales en su apartamento.

—Cuando sentí los pasos y oí el timbre, yo me asomé —la mujer señala el ojo mágico de su puerta—. Eran como cuatro.

Como cuatro.

Pienso: siempre me ha sorprendido esa flexibilidad del lenguaje, ese giro que nos impide el compromiso con un número. ¿Qué quiere decir exactamente que eran *como* cuatro?

¿Que quizás no eran cuatro? ¿Que, tal vez, también podrían ser tres o cinco? ¿Que eran cuatro pero no eran completamente cuatro?

—Tocaron varias veces y luego, de una, forzaron la puerta y entraron.

La mujer hace una pausa, esperando que yo de alguna manera también alimente la plática. Pero no digo nada. Siento el pequeño dispositivo en mi bolsillo tan nítidamente: una rodaja de metal caliente en medio de la tela del pantalón. Muevo un poco la cabeza, sin ninguna intención específica. De pronto pienso que tal vez quienes entraron en mi casa se encuentran todavía cerca, al acecho.

—Se encerraron, estuvieron ahí un buen rato, se ve que estaban buscando algo…

La mujer insiste en estirar el final apagado de la frase, trata nuevamente de forzar la conversación. Puedo ver mucha curiosidad en sus ojos. Un gato se asoma al pasillo pero no se atreve a salir, se sienta junto a las chancletas. La vecina sigue mirándome, esperando alguna respuesta.

—No tengo ni idea de qué pueda ser —susurro, pensando que necesito protegerme, que debo evitar que este momento se convierta en un chisme del condominio.

—¿Qué?

—Que no sé, no entiendo nada y me parece muy raro todo —agito un poco las manos—. Quizás se confundieron de apartamento.

—No lo creo. Los tipos parecían normales. Estaban vestidos como cualquiera, pues. Pero eran funcionarios.

La mujer empapa con saliva la última palabra. Ya no se disfraza: su cara me obsequia una mueca de suspicacia en mayúsculas. No sé qué hacer y deseo salir cuanto antes de este trance. Trato de jugar al cándido.

—¿Cómo que funcionarios?

—Tampoco te hagas el pendejo conmigo. Te dije que parecían normales, pero no eran normales. Tú sabes a qué me refiero.

Otro gato asoma su cabeza junto al quicio de la puerta.

—No se puede saber si actúan oficialmente o por su cuenta. Por eso yo no hice nada. ¿A quién iba a llamar? Tú sabes cómo es —añade con un guiño cómplice.

Insisto en la tesis de la confusión, agrego la alternativa de un robo, siempre deseando que esas versiones circulen después entre los demás vecinos. Luego le doy las gracias y entro al apartamento. Utilizo una silla para mantener la puerta trabada. Todo está hecho un desastre, también el baño: los objetos del gabinete están esparcidos por cualquier lado, vaciaron incluso los frascos de medicinas; las dos toallas se encuentran en el suelo de la ducha, los grifos fueron desinstalados, la coladera del desagüe está destapada, la tapa del tanque de la poceta yace partida en dos sobre la losa del piso. Revisaron todo minuciosamente, no me queda ninguna duda. Mi cuarto también está en completo desorden. Abrieron el colchón y sacaron la goma espuma de su interior. Lo mismo hicieron con mis dos almohadas. Ambas están destripadas en el suelo. La ropa también se encuentra regada por toda la habitación; ninguna gaveta quedó a salvo. Deduzco que sobre la estructura de hierro de la cama vaciaron el cajón de mi mesa de noche. Una foto que me tomé con mis padres en el pasado diciembre ha quedado engarzada en la punta de un alambre.

Mi computadora, obviamente, ha desaparecido. La desolación que me produce todo lo que veo contrasta, de manera radical, con la angustia que al mismo tiempo me empuja a irme inmediatamente de aquí. Giro en redondo, en la sala, mirando el espacio destruido. Lo hago lentamente, como si estuviera recogiendo cada cosa y tratando de guardarla en mi memoria.

Escucho el ruido distante del motor del elevador poniéndose en marcha. Es un crujido hueco en las tripas del edificio. Siento un latigazo de frío en la espalda. Tomo un bolso, guardo alguna ropa y salgo a toda prisa. Miro hasta el fondo del pasillo; nuevamente mi sexto sentido me indica que ahí está la vecina, detrás de su puerta, tratando de mantenerse estable sobre las puntas de sus pies, observándome a través del ojo mágico. El sonido del ascensor se escucha cada vez más cerca. Ni siquiera lo dudo: de un salto, me lanzo por las escaleras y comienzo a bajar.

Llego a la entrada del edificio, tropezándome conmigo mismo. Antes de salir, me agacho y deslizo nerviosamente la mirada sobre la calle. Hay un carro azul. Dos hombres se apoyan en él y conversan. Ambos visten de forma similar; tienen también un corte de cabello parecido. Uno apenas sostiene un cigarrillo entre los labios. El otro mira de vez en cuando hacia el frente, hacia el edificio. Doy la vuelta, corro por el pasillo y salgo por la puerta posterior; cruzo el pequeño patio, me subo al techo de los depósitos de basura, escalo el muro y salto. Caigo en el estacionamiento de otro edificio. Estoy demasiado asustado. Me arrastro hasta ocultarme detrás de una vieja camioneta pick up. Aquí me quedo. Encogido. Temblando.

Paso varias horas esperando la noche. Oigo toda clase de ruidos e imagino toda clase de causas posibles para cada sonido. Tengo todos los músculos agarrotados. Estoy seco. Siento que mi lengua está llena de sal. Como si hubiera pasado un tiempo con un trozo de mar dentro de la boca. Ahora me reclamo no haber sido más precavido. Era tan obvio que, tarde o temprano, algo así sucedería. ¿Cuánta gente me estaba observando, espiando, vigilando o siguiendo? Me equivoqué en algo imprescindible: no supe administrar mi paranoia. Fue un error imperdonable.

Pienso: la paranoia no hace daño. A veces puede salvarnos.

Escojo un motel pequeño y barato cerca de La Candelaria, en el centro de la ciudad. Es lo que mi pánico y mi presupuesto recomiendan. Me registro con otro nombre, pago dos noches por adelantado. La habitación es mínima y todo en ella me resulta deprimente. Una cama matrimonial con sábanas ásperas, un televisor viejo cuyo control remoto está empotrado en la pared, una pequeña mesa de fórmica sin silla, un aparato de aire acondicionado tan antiguo que gotea constantemente y un ventilador en el techo cuyas aspas suenan como la hélice de un antiguo aeroplano. En el camino hasta el centro, en una tienda de productos importados que abre los domingos, compré un adaptador y un cable que me permiten usar el chip de la cámara de la doctora en mi teléfono celular. Sólo así puedo ver las grabaciones. En medio de la desazón y de la vergüenza que todavía siento, eso es lo único que le da sentido a todo lo que está pasando. Me siento en la cama y veo el dispositivo sobre la palma de mi mano. Es increíble que en un objeto tan mínimo quepan tantas conversaciones, tantas confidencias, tanta intimidad. Cuando introduzco el dispositivo en el adaptador, la pantalla de mi teléfono se ilumina con un resplandor distinto.

Tiene cuarenta años o más. Es una mujer delgada y lleva puesta una camisa marrón, de cuello alto y cerrado, de donde surge de pronto una mandíbula afilada. Sus ojos son esquivos.

—No sé por qué —dice.

Por el ángulo de la toma, se puede deducir que la cámara, ciertamente, se encuentra detrás de donde suele sentarse la doctora. A menos que se tiendan en el diván, los pacientes de manera natural quedan situados casi frente a ella. Mirando a la terapeuta, miran también a la cámara.

—En verdad, no sé por qué empecé a hacerlo —añade la mujer después de una pausa.

Se mueve sobre sí misma. Como si buscara un equilibrio perdido. En su rostro hay una angustia contenida. Parece que estuviera sentada dentro de una ambulancia.

—La primera vez fue con una heridita aquí —dice.

Se señala el cuello con un dedo. La camisa se alza casi hasta su barbilla, tapando su piel.

Quedan en silencio. Ella mira hacia la izquierda. Se tarda.

—Me salió una roncha —cuenta—. No sé de qué. Era una costra chiquita. Quizás fue por una picada de un zancudo o algo así. Esta ciudad está llena de bichos.

Otra pausa. Le cuesta hablar. El plano inmóvil de la filmación hace que los silencios parezcan más largos. Todo el tiempo transcurre sobre ella, como si la grabación tuviera la intención de supervisar sus reacciones. La expresión de su rostro parece ser lo único que se puede narrar. Es un sufrimiento en cámara lenta.

—Supongo que me rasqué. Como cualquiera, pues. Algo te pica, vas y te rascas. Pero luego, no sé, empezó a gustarme. Me gustó la sensación de rasparme ese pedazo de piel con la uña. Cuando me vine a dar cuenta, era como un tic, me la pasaba todo el tiempo así, dándole.

La mujer vuelve a moverse.

—¿Recuerdas cuándo comenzaste a hacerlo de otra manera?

La mujer dice que no moviendo la cabeza, pero al rato asiente y, tras unos instantes, vuelve a hablar.

—Una noche estaba sentada en el sofá, cosiendo el botón de una blusa. La televisión estaba encendida pero yo no le estaba poniendo atención. Era algo aburrido, en alguno de los canales del gobierno. Ya no hay nada que ver aquí...

Le cuesta salir del desvío de la conversación y regresar de nuevo al tema. La doctora espera.

—Y, de pronto, no sé, fue algo como natural. —Hace un gesto, sus dedos aprietan un hilo invisible; la mano flota, da un giro, se acerca a su cuello, raspa el aire.

El silencio acompaña cada movimiento.

La mujer alza la mano de nuevo hasta rozar su barbilla y, suavemente entonces, toma el borde de la blusa, lo jala hacia abajo, dejando ver una llaga redonda, roja, en carne viva, en un lado de su cuello. Una llaga del tamaño de un durazno. Hay puntos de sangre en el centro de la herida.

—Ahora no puedo dejar de hacerlo —susurra—. Con la aguja. Todo el tiempo.

Inés no aparece. La espero en cuclillas, oculto detrás de un montón de cajas que se encuentran apiladas frente a la puerta de un local abandonado. No he dormido nada. Todavía me siento aturdido. Los párpados me pesan, como si fueran de cartón mojado. Aún hay imágenes y voces que zumban dentro de mi cabeza.

Yo, acostado en la cama de un hotel, mirando mi teléfono celular.

Yo asomado a las grabaciones.

Yo revisando un catálogo de tristes.

Una señora habla de un hijo perdido; cuenta que se fue con su esposa y un niño pequeño, cruzaron a pie la selva y el desierto. Ella dice que dijo muchas veces que era una locura. Pero no le hicieron caso. Tiempo después, recibió un mensaje que decía que por fin habían llegado a México. Nunca más volvió a saber de ellos.

Otra mujer da vueltas en el consultorio de su terapeuta. Sólo sigue la ruta circular de su desesperación.

El niño no habla, doctora. Tiene siete años y no habla.

Un hombre que no llega a los cuarenta años ha empezado a tener ataques de pánico. No es grave, dice. Y confiesa que ha ido a la terapia obligado por su esposa. Sólo estoy nervioso, dice. Habla de su padre, cuenta que está enfermo desde hace meses, nadie sabe qué tiene. Está en el sexto piso del hospital y los ascensores no sirven. Nada sirve, dice. Los pacientes deben traer su comida y sus medicinas.

Cada vez que toca hacerle los análisis, es un desastre. Tampoco tienen reactivos. La enfermera le saca la sangre y me da los tubitos, dice y alza la mano, la mueve con delicadeza en el aire, como sosteniendo unos envases invisibles—. Y entonces yo bajo corriendo a la calle y agarro una mototaxi para que me lleve volando a un laboratorio que queda más o menos cerca. Voy como parrillero, sentado en la parte de atrás de la moto, con los tubos de sangre en la mano. Así.

Olvido cosas. A veces, oigo voces.

—Ni siquiera me dejaron ver su cuerpo —susurra. En la morgue nos dijeron que era una instrucción oficial. Y luego cuenta cómo han pasado meses indagando, siguiendo pistas, investigando. Hablaron con otro estudiante que también estuvo preso con su hijo. Fue él quien les contó de las torturas. Ya no puede dormir. Las noches están llenas de gritos.
    Es rabia, indignación. Ganas de matar.

Sale a recoger gatos en la calle. Tiene diecisiete. Y ya no deja que nadie de la familia entre en su casa.
    Triste.
    Muy triste.
    Tan triste.

Yo acostado en una cama de un hotel, mirando las grabaciones en mi teléfono celular. Soy siniestro. Sórdido.

Inés sigue sin llegar. No quiero llamarla, temo ponerla en peligro.

Mi madre ha llamado varias veces, dejando en el buzón apenas unos breves recados: soy yo, háblame, yo otra vez... Los mensajes de mi padre son, por supuesto, más largos y más apremiantes; necesita que nos veamos, es urgente. Natalia también ha dejado grabada su angustia en mi teléfono: El Archivo está revuelto, un grupo de militares está revisando mi oficina, el Director General me busca, los comentarios de todo tipo se multiplican entre los empleados. Las demás son sólo insistentes llamadas del equipo de producción de Roco-Yo. El último mensaje que escucho, sin embargo, me pone de inmediato en alerta. Es breve y conciso. El abogado de la doctora Villalba, con voz neutra, dice:

—Tenemos que vernos. Tú sabes por qué.

No. No sé por qué. Pero de inmediato me siento culpable.

Por fin aparece en la calle. El vaivén de sus caderas es más rígido. Sus pasos son más cortos y firmes. Me asomo con cuidado, estiro la mano, la llamo. Inés le da un vistazo a su reloj: mala señal.

—Estoy retrasada.

La aclaración sobra. Su pose y sus gestos son suficientes. Se ha detenido junto a mí pero su cuerpo se mantiene en una rara postura, en posición de arranque, como si estuviera a punto de retomar la marcha en el próximo segundo. Su cara es una impaciencia sin destellos grises en los ojos. Le pido excusas y le digo que necesito explicarle mi actitud de la otra noche. Añado que todo tiene que ver con algo importante, algo que quiero contarle.

Inés me mira sorprendida. Por un momento, parece haber cambiado de actitud, siento que me observa con interés, intrigada.

—Tengo problemas con la policía —me arriesgo con la primera frase que brinca sobre mi lengua.

Y enseguida me arrepiento.

Pienso: la policía nunca es un buen comienzo.

El rostro de Inés se endurece. El resplandor gris se diluye aún más. Instintivamente, su cuerpo se contrae, se achica sobre sí mismo. Intento matizar.

—Suena enredado, lo sé. Por eso deseo explicártelo.

—¿La policía? —la pregunta se frunce en su boca.

—Y creo que también los militares —reconozco, bajando la voz.

Y vuelvo a arrepentirme.

Una ligera mueca de Inés me confirma que estoy perdiendo terreno.

—Sólo escúchame, por favor —pienso rápido, sin dejar de mirar con cuidado hacia varios lados—. Pero no puede ser aquí. Me están vigilando, hay gente que me persigue.

Inés, cada vez más tensa, mira entonces también a su alrededor.

—Inés, por favor. Créeme.

Ella baja la vista, vuelve a fijarse en su reloj: ¡ay!

—Espera —la tomo del brazo—. No estoy loco, te lo juro. Lo que pasó la otra noche también tiene que ver con esto. Sólo dame la oportunidad de contártelo.

Inés asiente. Muy despacio, atenta a mis reacciones. Conozco muy bien ese tipo de mirada, es la mirada del diagnóstico. No te ven: te evalúan.

—Tengo pruebas —digo, casi en un murmullo. Desesperado.

Inés cede, o parece ceder, dice que sí, que está bien. Confiesa que todo lo que le cuento la sorprende y también la asusta. Me promete que me llamará más tarde y luego vuelve a mirar su reloj. Se despide con escasa cordialidad. Se aleja sin voltear a verme.

El encuentro me deja vacío. Regreso al motel empujado por una depresión blanda, casi esponjosa. Me encierro en la habitación, reviso rápido las redes. Roco-Yo ha anunciado que las autoridades están investigando a un paciente de la Doctora Suicidio. Confiesa que no puede decir el nombre pero que muy pronto compartirá con el país esa información.

Me cuesta tragar. La saliva es una pelota de engrudo.

En tan pocos días, la situación ha cambiado tanto, hasta llegar a este instante donde todo de repente es grave y trágico. La línea que separaba lo pintoresco de lo peligroso se volvió tenue y desapareció.

No tengo casa, probablemente tampoco tenga ya trabajo. No puedo regresar a ningún lado. Tampoco sé a dónde debería dirigirme, a dónde puedo llegar. Las autoridades me están buscando; de seguro pronto apareceré en las redes y en los medios.

Pienso: la fuga como modo de vida.

Pero sé que la huida permanente es un imposible. Más temprano que tarde, me atraparán. ¿Por qué más bien no voy con la policía o con los militares y entrego la memoria sólida de la cámara? Aún tengo tiempo de hacerlo. ¿Qué me lo impide? ¿Mi lealtad con la doctora? ¿El miedo a que las autoridades, igualmente, después de entregarles el chip, me mantengan detenido o me acusen de ser cómplice de la psiquiatra y me dejen en prisión? ¿Por qué me quedo con las grabaciones?

—Yo no sé por qué hay gente que piensa que vivir es fácil.

Sofía Aranguren habla sin dramatismos. Su cabello negrísimo está atado en una cola. Lleva puesto un vestido entero, sin mangas, estampado con bacterias moradas, verdes y azules. Está sentada en posición de loto sobre el diván.

—Quizás ni lo piensan, ni se lo plantean. No se preguntan eso. Sólo viven porque sí, porque es lo que toca, por inercia.

Los dos estamos sobre la cama. Ella, atrapada en la ventana del celular, mirando hacia afuera, sin poder saltar. Yo, tendido sobre las sábanas, mirándola.

—Pero no es verdad, a veces vivir cuesta.

Sofía mira hacia el suelo, estira un poco los brazos. Cuando alza la vista hacia la doctora, ya no sonríe. Su cara tiene una expresión de abatimiento.

—De pronto, no sé vivir. Podría ser, ¿no? A veces pienso que quizás esto no es lo mío, pues.

La muchacha levanta el mentón y mira hacia una pared lateral, luego vuelve a mirar a la cámara.

—Cada vez que oigo a alguien hablando de "la alegría de vivir", me frustro. Yo no entiendo qué quiere decir eso.

Comillas. Astillas.

Pongo el teléfono en pausa. Su rostro queda detenido. Hay en sus ojos un desaliento flexible, una ternura deshecha. De pronto me pregunto ¿qué peligro pueden esconder todas esas sesiones grabadas? ¿A quién asustan estas historias? ¿Por qué son una amenaza? ¿Quién le teme a la memoria del dolor? ¿Qué sentido tiene perseguir la tristeza?

Es de noche e Inés no ha llamado. Después de Sofía Aranguren, no quise ver nada más. Estuve un rato tratando de encontrarme, pero hay demasiadas sesiones grabadas, el sistema del teléfono no permite adelantar o retrasar el material fácilmente. Pasé el resto de la tarde sin hacer nada, estirado sobre la cama, mirando hacia el techo, siguiendo las vueltas del ventilador, sus quejidos irregulares. Sólo estaba esperando que sonara el teléfono.

Voy al bar más cercano, a tres cuadras del hotel. Es un local sin gracia, decorado con un mal gusto que, además, ya está pasado de moda. El sucio del tiempo apenas permite distinguir los arabescos del papel tapiz que cubre las paredes. El terciopelo color vino de los muebles ya se encuentra raído y opaco. La iluminación es desigual, faltan algunas lámparas de farolito y en su lugar brillan los focos, desafiando con su desnudez la armonía vulgar del lugar. Hay un único mesonero que, al mismo tiempo, también es el barman de la desangelada barra que ocupa todo el fondo, junto al pasillo que conduce hacia los sanitarios. La carta ofrece cerveza, licor de whisky y un vodka que —según aclara el empleado— está hecho en Cúa, en el estado Aragua.

—Está bueno, pero a veces sabe un poco a aguardiente de caña —advierte.

Un trago de vodka es un descalabro en el presupuesto. Un trago de vodka vale lo mismo que lo que gana un profesor universitario al mes. Ya no me importa nada. Sorbo suavemente, pegando mis labios a la orilla del vaso. Una raya helada de alcohol es una brasa líquida que calienta de inmediato mi cuerpo. Me pregunto si no debo insistir con Inés o si debo tomar su silencio como una respuesta definitiva.

¿Qué es lo peor que puede pasar?

En las sesiones de terapia, esa solía ser la pregunta de la doctora Villalba ante mis frecuentes ataques de inseguridad o ante mis constantes indecisiones. Era una herramienta para enfrentar mi propia naturaleza, la timidez y el temor que tantas veces me paralizaban e impedían que dijera o hiciera lo que realmente deseaba.

¿Qué es lo peor que puede pasar?

Muchas veces estuve en ese trance, con esa interrogante en la mano, apretando cada una de sus letras, asfixiándolas. Muchas veces, también, en voz alta o mentalmente, me repetí a mí mismo esa pregunta y proyecté los desenlaces más terribles o las consecuencias más atroces de aquello que quería decir o hacer.

Imaginar el peor escenario me tranquiliza.

Invento un percance doméstico y logro que el mesonero me preste su teléfono. Pulso rápido las teclas y escribo un saludo para Inés. Aunque parece obvio, le advierto que no se comunique a mi celular.

Espero.

No hay respuesta. ¿Qué puede estar haciendo Inés a esta hora? Quizás ha salido con alguien. Tal vez ha ido a visitar a un amigo. O de pronto se encuentra en su casa, recién bañada, sentada en su cama, poniéndose crema en la piel. Tal vez está aburrida, mirando una serie o una película. Quizás escucha la señal, mira de reojo el teléfono, lee el mensaje, el nombre de Gabriel, y no quiere responder.

Mauricio hubiera dicho algo así: te estás equivocando, no la llames. Lo peor que te puede pasar con una mujer es que ella crea que la necesitas, que estás desesperado por verla. Tienes que mantener distancia. Que nunca sepa realmente qué sientes. Castígala un poquito. Eso siempre ayuda, ¿entiendes?

Bebo vodka.

Sigo esperando.

Después de cuarenta y dos minutos, el teléfono del mesonero de pronto suena.

Trato de no parecer ansioso pero el ansia me traiciona. Atiendo al instante y digo hola dos veces seguidas. Casi dejo el aliento colgando en la línea. Inés saluda y, sin darme tiempo a nada más, me pide excusas. Ha tenido un día fatal, estaba pendiente de llamarme, pero no había podido hacerlo.

—¿Cómo estás?

¿Cómo estoy? Recuerdo la habitación de hotel. Recuerdo el rostro detenido de Sofía Aranguren. Deslizo la mirada por el bar y siento que tampoco el decorado me permite mentir.

—Mal.

Una pausa gruesa se alarga entre los dos. Me aterra que se repita cualquier situación anterior.

¿Qué es lo peor que puede pasar?

No sé dónde nace la audacia, cómo de pronto estalla en mi boca la pregunta:

—¿Podemos vernos?

No quiero dar chance a otras posibilidades.

—¿Podemos vernos ahora?

Inés vive en el sur, en las colinas que bordean una de las salidas de la ciudad. Es una zona arbolada y llena de edificios. Mientras el taxi avanza por la autopista, imagino lo que va a pasar cuando nos veamos. Toco el timbre de su apartamento y, tras unos segundos, Inés abre la puerta. El destello gris en sus ojos es más intenso. Viste con pantalones negros, de algodón, una franelilla blanca, sin mangas. Está descalza. Aunque me mira con preocupación, también parece sonreírme con ternura. Propongo una mueca de circunstancia mientras sólo deseo hundirme en su boca. Inés me abraza. Yo cruzo mis brazos sobre su espalda, puedo intuir sus caderas en la punta de mis dedos. Le doy un beso en esa zona sin límites donde todo queda cerca: el cuello, la mejilla, su oreja. Inés se separa, turbada.

—Quedé angustiada con lo poco que me dijiste por teléfono —dice y da un paso hacia atrás, extendiendo su mano e invitándome a entrar a su casa.

—Se viene un aguacero —el taxista se siente obligado a, por lo menos, obsequiarme un pronóstico climático.

Nos miramos a través del espejo retrovisor. Por un segundo, me asalta el temor de que el chofer no sea realmente un taxista. Hay tantas posibilidades de ser otro. El miedo sólo se calla definitivamente cuando el automóvil frena frente al edificio donde vive Inés.

No tengo necesidad de tocar el timbre. Antes de llegar a la puerta, la puerta se abre. Inés se asoma y me mira, preocupada. Viste con ropa holgada, de hacer deporte, un pantalón oscuro y una camisa de color arena. El destello gris no brilla en medio de sus ojos. No me abraza, no sonríe, pero sí me dice que mi llamada la dejó desconcertada e intranquila. Nos saludamos con un beso en la mejilla y ella da un paso atrás, extiende su mano y me invita a entrar a su casa. Está descalza.

El apartamento es pequeño pero muy cálido. Casi todos los muebles son de madera y la iluminación es indirecta. En las paredes cuelgan fotografías, la mayoría en blanco y negro. Me gusta una en particular: un paisaje desolado, tierra y cactus, por donde cruza una carretera de lado a lado de la imagen, entre postes y cables de luz. En la esquina izquierda, hay un carro inmóvil. La puerta del conductor está abierta, pero no hay nadie dentro del automóvil. No hay nadie en el retrato. Sólo el enorme paisaje, una ausencia sin límites.

—¿Quieres tomarte algo? ¿Agua, café? También tengo manzanilla.

Pido agua. Ella se prepara una infusión y me convida a sentarme en un pequeño sofá en la sala; luego se ubica, expectante, en un sillón.

—Sé que debes tener muchas preguntas.

—Desde que nos vimos en la calle la última vez.

—Sí. Y yo te dije que quería contártelo todo.

—Me dijiste que estabas metido en un lío, que te estaban persiguiendo. Y ahora…

Inés mueve los brazos como envolviendo el momento, la escena de ambos frente a frente, hablando. Un breve resplandor gris titila en sus ojos.

¿Qué es lo peor que puede pasar?

Le cuento todo. En varias oportunidades, ella me interrumpe con preguntas puntuales, exigiendo datos, sacando al aire su asombro. Le respondo lo mejor que puedo. Aun así, todavía percibo que su estupor sigue, intacto. Aunque tiene la boca cerrada, sé que adentro de su boca hay otra boca abierta de par en par, enorme y desconcertada. Inés me mira como si estuviera evaluando mi capacidad de mentir o mi posibilidad de ser un demente. Le muestro en el teléfono todos los mensajes que ha colgado Roco-Yo en sus distintas redes.

—Está bien. Yo también lo he escuchado en la radio, es un caso público.

—¡Sí! ¡Es lo que trato de explicarte!

—Pero eso no tiene nada que ver con lo otro. Lo que me parece increíble es todo lo demás: lo de las grabaciones, lo de la policía, lo del saqueo de tu apartamento…

Inés apaga el final de la frase en la taza de té. Tiene razón. Su suspicacia es lógica. Estoy preparado para enfrentarla. Extraigo del bolsillo del pantalón el chip. Se lo muestro y le pregunto si tiene una computadora portátil en su casa. No necesito decir nada más.

—He pasado todo el día pensando en Keith Jarrett.

El hombre hace una pausa, aguarda.

—Usted sabe quién es Keith Jarrett, ¿no? ¿Alguna vez lo ha escuchado?

Está sentado en el diván, mantiene la mirada fija hacia el frente. No hay respuesta.

—Es mi ídolo. Tengo todos sus discos. Como intérprete clásico es fabuloso, pero como pianista de jazz —el hombre estira las manos, mueve los dedos como si tocara un teclado invisible— es insuperable. Una de las mejores experiencias de mi vida es haber podido verlo en vivo. Fue en Nueva York, hace muchos años. Yo había sido invitado a un congreso en Filadelfia, una convención aburrida sobre ingeniería civil y obras públicas. Solamente acepté porque descubrí que, justo unos días después, Jarrett se presentaba en el Radio City Music Hall, en Manhattan. En ese tiempo no vendían entradas por internet. Le pedí a un amigo que vive en Brooklyn que me comprara el ticket. Fue una noche espectacular. No sé si sabe que Jarrett tiene fama de excéntrico: no permite fotos durante sus conciertos, no puede oír ruidos mientras toca; una vez abandonó el escenario porque entre el público alguien estaba tosiendo. Y cuando uno lo ve y lo escucha en vivo entiende por qué. Él es dios. Sólo un dios puede producir esa música.

La pantalla está sobre mis rodillas. Los dos la observamos, abstraídos. Inés casi está apoyada en mi hombro.

—Hoy leí la noticia. Jarrett sufrió un ACV, quedó con un brazo paralizado, nunca más podrá volver a tocar el piano. Me quedé frío, me pareció que la vida es tan triste, tan injusta. Una mierda.

—¿Eso te hizo pensar en ti? —la voz de la doctora suena con un eco particular. Es una voz hueca, sin origen.

—No. Realmente sólo estoy pensando en Keith Jarrett.

El hombre parece quedarse unos segundos sin palabras. Y después:

—Todo me deprime. ¿Usted no ve las noticias?

Desvía la mirada, incómodo.

—¿Por qué no quisiste viajar con tu esposa a Canadá?

El hombre resopla sonoramente, luego ahoga un carraspeo, frota las manos sobre su pantalón. Transcurren unos interminables momentos sin que ninguno de los dos diga más nada. Es un silencio que se extiende hasta que, de repente, con un pequeño gesto crispado, el hombre toma de nuevo la palabra:

—He vuelto a pensar en eso.

Inés separa su espalda del respaldo del sofá. Sin mirarla, yo también muevo mi cuerpo hacia adelante. Los dos permanecemos tensos, suspendidos en curva sobre la pantalla.

El hombre asiente, esquivo, sin mirar hacia adelante. Parece avergonzado. Después, ambos vuelven a detenerse sobre un silencio seco. Hasta que:

—Grabé unos mensajes con el teléfono.

La doctora mueve un brazo. Quizás escribe algo en su libreta.

—Para mi nieto. Es una tontería. Un saludo, nada más. Son palabras para cuando esté más grande. Para cuando cumpla diez, para cuando cumpla quince, para cuando cumpla veinte. Hasta ahí lo dejé. Son mensajes de su abuelo. Lo que yo hubiera querido decirle.

—¿Y a Hilda? ¿Y a tus hijos? ¿A ellos no les grabaste nada?

El hombre niega con la cabeza, incómodo.

—Me da pena.

Miro de reojo a Inés. Tiene la vista clavada en la pantalla de la computadora. Los músculos de su cuello están tiesos. Es evidente que está impresionada, que lo que ve la desconcierta, le afecta. Deslizo despacio mi mano hasta dejarla sobre la mano de ella. Su puño está cerrado.

—Creo que es lo mejor —dice.

—¿Lo mejor para qué?

—Para acabar con esto de una vez.

Los dedos del hombre se entrelazan como si quisieran hacer nudos.

—Uno no decide nacer. Ni siquiera puede elegir cuándo nace, en qué lugar, a qué familia llega… Uno aparece en el mundo y en la vida sin poder decidir un coño.

El hombre vuelve a quedarse callado por unos instantes. Hace un ruido con su garganta. Como si se rascara internamente.

—Lo más justo entonces es que, al menos, uno pueda decidir cuándo y cómo se va.

Sus ojos se dirigen a la doctora pero también continúan, van más allá. Por un momento parecen salirse de la computadora. Nos mira directamente.

—¿No está de acuerdo? —el hombre casi silba quedamente la pregunta.

Y luego continúa mirando hacia adelante, aguardando. Saca la punta de su lengua, moja sus labios. El silencio es insoportable.

—¿Me estás pidiendo permiso para matarte?

Se ha servido una copa de vino y me ha pedido que avance las imágenes del archivo. Vemos cómo se mueven las manos y los labios de los pacientes. Se agitan a una velocidad inusual delante de la cámara fija. A veces, no parecen reales.

Inés pone su mano sobre mi mano.

—Espera— musita—. Eres tú.

Me veo en la pantalla. Paralizado. Con la boca entreabierta. La mano izquierda está en alto, muy cerca de mi oreja.

Trato de imaginar qué palabra está atrapada en ese instante entre mis dientes.

Inés aprieta mi mano. Nos miramos.

—¿No quieres ver?

El semáforo está en rojo. Inés frena y nos detenemos. Es evidente que los dos hemos dormido muy poco. Yo me siento raro, extraño mi bigote.

—Es aquí —dice ella, y estira la vista hacia afuera, pendiente del tráfico.

Tiene razón. Estamos a una cuadra de la estación de metro Chacaíto. Busco sus labios para un beso de despedida.

—¿Qué vas a hacer después?

—Aún no lo sé.

—No dejes de avisarme.

Le digo que sí, por supuesto. Hemos quedado en usar otro teléfono, un celular antiguo que Inés tenía aún en su casa, con la idea de regalárselo a una de sus hermanas. Nos comunicaremos por esa vía. Detesto que, con absurda normalidad, tengamos que incorporar a nuestras vidas fórmulas y procedimientos que antes sólo veíamos en las series o en las películas. Números secretos. Mensajes cifrados. Citas clandestinas. Inés me da otro beso, me susurra un cuídate apurado antes de que las cornetas exasperadas de los otros automóviles comiencen a gritar detrás de nosotros.

Mientras me dirijo hacia el terminal, camino de otra forma, con un ritmo distinto. También estoy cabizbajo, un poco encogido sobre mí mismo. Temprano, en la mañana, después de bañarme, me afeité el bigote, Inés me recortó todas las puntas del cabello. Estoy usando, además, una cachucha que dejó olvidada alguna vez su padre. Llevo el chip de la cámara escondido en el calcetín de mi pie izquierdo. Me molesta, pero siento que ahí está más oculto que en el bolsillo de mi pantalón.

Sentado en el último asiento del autobús, huelo a Inés.

Después de ver la grabación, cerré la computadora y ambos nos quedamos recostados en el sofá, mudos, durante un rato. ¿Qué debía hacer en ese momento? ¿Qué debía decirle? No tenía escapatoria. Su cuerpo estaba demasiado cerca. Lentamente ladeé mi rostro hacia ella. Abrí la boca poco a poco. Recorté con mis labios unas pequeñas palabras, sin sonidos. Sentí cómo se me comenzaban a llenar los ojos de agua. Pestañeé muchas veces seguidas. Y luego me quedé inmóvil.

Sentado en el último asiento del autobús, huelo a Inés.

Ella me miró durante unos segundos. Parecía asombrada. El resplandor gris en medio de sus pupilas marrones se volvió de pronto una línea que salió de sus ojos y se esparció por toda la sala. Inés estiró su mano y rozó con suavidad mi cabello. Traté de controlar un temblor. Luego se acercó un poco más y comenzó a besarme. Sentí que una tormenta entraba en mi boca. Inés se sentó sobre mí, acariciándome, sin soltar sus labios de mis labios. Nos quitamos la ropa con velocidad y maravillosa torpeza. *Desnudarse* es un verbo tan rápido. No necesitamos más lenguaje que nuestras manos. La acaricié, la toqué; recorrí y respiré su cuerpo como si fuera un iluminado. Inés hundió sus caderas en mí y comenzamos a movernos, a buscar una cadencia mutua que nos permitiera ser un incendio líquido. Terminamos apretados uno contra el otro. Abrazados.

Sentado en el último asiento del autobús, todavía puedo oler a Inés.

Tengo el cuenco de la mano pegado a mi nariz. Todavía, debajo del jabón, está ella. Sigue aquí.

El frenazo sacude al autobús. Un pasajero se queja y le grita al chofer. Enterrando más la gorra en mi cabeza, aprovecho la pequeña discusión para descender rápidamente. Cuando el vehículo se aleja, me siento un poco más tranquilo. Miro la avenida desierta y castigada por el sol del mediodía.

Con la edad, las costumbres se convierten en ritos devocionales. Yo confío ciegamente en las rutinas de mi padre. Todos los miércoles, al final de esta avenida, se estaciona un camión cava que vende pescados. Mi padre suele acercarse a esta hora, cree que es el mejor momento, su ventana de oportunidad para el regateo. Piensa que los vendedores están cansados y acalorados, ya han salido de buena parte de la mercancía y tienen el ánimo más blando. Generalmente, si hay, compra sardinas, siempre y cuando se las den un poco más baratas respecto del precio que marca la pizarra de cartón.

Camino lentamente hacia la curva que cierra la avenida. Cuando avisto a la distancia el camión, dejo la acera y me interno en la ladera de maleza alta que se extiende a mi derecha. Continúo acercándome pero de forma más oculta. Prefiero esperar entre los matorrales la llegada de mi padre. Tal vez ya también lo estén vigilando a él.

Hago tiempo. Me gusta esa expresión. Me conmueve la fantasía absurda de creer que podemos *hacer tiempo*. Enciendo con cautela mi celular de siempre. Ya temo que, tan sólo con prenderlo, una tecnología superavanzada pueda detectar mi ubicación. Reviso mis mensajes. Mi madre está cada vez más preocupada por mi ausencia y mi silencio. Mi padre dice que ha llamado a mi oficina a preguntar por mí. El equipo de producción de Roco-Yo me ha dejado diecisiete notas de voz, en un tono creciente que va de la consulta a la exigencia, cada vez más apremiantes y severos. Natalia escribe en mayúsculas y en modo telegrama un apretado informe de última hora: "LOS MILITARES HAN TOMADO TU OFICINA, EL DIRECTOR GENERAL ESTÁ MOLESTO. ¿DÓNDE CARAJO ESTÁS?". Tras unos segundos, de repente llega otro zumbido. Es una posdata de Natalia. Otra pregunta: "¿Ya viste lo que está diciendo Roco-Yo?".

Mi nombre está en varias de las plataformas.

Por suerte, aún no han encontrado una fotografía, porque si no también mi retrato de seguro ya estaría circulando en internet. Quizás sí la tienen y sólo están administrando el cuento, diseñan la información con dosis de suspenso.

Roco-Yo no sólo me menciona como uno de los pacientes de la Doctora Suicidio; también subraya que soy un paciente muy cercano, especial. Asegura que he ido en varias ocasiones a visitar a la terapeuta a la cárcel y que, además, al parecer me he negado a colaborar con la policía. En una de sus redes, el influencer se pregunta: "Gabriel Medina: ¿paciente o cómplice?".

Al verlo escrito, mi nombre adquiere otra textura y otra dimensión. Es y no es mío. Soy y no soy yo al mismo tiempo. Me resisto a reconocerme en esas letras que deambulan y se propagan irresponsablemente, como un germen; pero también sin duda me señalan, me pronuncian, siguen nombrándome. No puedo esquivar la gélida inestabilidad que produce el hecho de que mi nombre se haya convertido de repente en una señal pública. Que Gabriel Medina forme parte de las noticias me parece una ilusión aterradora.

Levanto la vista hacia el cielo. Su resplandor me calienta la cara. Es un techo azul lleno de luz. Sin nadie.

¿Por qué les das tanto poder a los demás?

Pienso: ama a tu prójimo como a ti mismo.

Dios está en cada uno de tus semejantes.

Así como juzgas, serás juzgado.

No hagas a los otros lo que no quieres que te hagan a ti.

Es la doctrina que pregonan todos los dioses y que permanentemente repiten los padres, los maestros, los vecinos, los sacerdotes, los artistas de la farándula, los políticos, los médicos, los especialistas en moda y hasta los entrenadores de perros.

Recetas de mierda que sólo conducen a la tristeza.

Todos somos hermanos.

Ya nada huele a Inés.

Mi padre tarda más. Comienzo a pensar que me he equivocado y que he perdido el tiempo, cuando lo veo asomarse a lo lejos, caminando lentamente hacia el camión. Ya no hay clientes y los vendedores han empezado a recoger sus básculas y sus cuchillos, los pescados que han sobrado. Mi padre les grita, los saluda desde lejos. Al verlo, todos se miran entre sí. Sin dejar el escondite entre la maleza, doy dos pasos hacia la calle y me mantengo atento; necesito confirmar que nadie más viene tras mi padre. Él llega junto al camión, presume su buen humor, pregunta por carites y perlitas, por dorados y jureles, como si estuviera entonando una canción. Los pescaderos no entienden la ceremonia, saben perfectamente que, después de regatear durante unos minutos, sólo comprará sardinas. Están apurados y aterrizan con rapidez el trámite. Preparan y pesan la mercancía antes de que él la pida. Mi padre recibe una bolsa con medio kilo de pescados fríos y delgados.

Camino entre la maleza, en paralelo, siguiendo su paso de vuelta a la casa. Cuando dejo el monte y salgo y me sitúo frente a él, mi padre queda estupefacto. Me mira con descreimiento, como si fuera una aparición. Me quito la gorra, me acerco y le doy un beso en la mejilla. Él permanece impávido, sin moverse.

—¿Qué coño estás haciendo aquí? —pregunta.

Sostiene entre dos dedos una tira de la servilleta que ha ido destazando lentamente. Observa las franjas de papel como si entre ellas pudiera esconderse una revelación sobrenatural. Todavía no digiere del todo la sorpresa de mi súbita visita. Estamos sentados en una de las esquinas de un local bastante precario donde apenas destacan tres mesas de madera y varias sillas de metal y cable trenzado. Aparte de nosotros, en el lugar se encuentran una empleada y varias moscas.

—Ya te dije —insisto—, me mandaron a inspeccionar un depósito aquí cerca, salí temprano, me acordé de que los miércoles vienes a comprar pescado y decidí caerte de sorpresa.

Mi padre asiente, luego me mira de soslayo.

—Te ves raro sin bigote.

Digo que sí. Quería cambiar. Es lo primero que se me ocurre. Mi padre me observa como si no lo convencieran ni mi respuesta ni mi cara. Me he sentado estratégicamente a su izquierda, justo donde él ha dejado la bolsa plástica con el medio kilo de sardinas.

—¿Todo bien? ¿No ha pasado nada? —pregunto, tratando de disfrazar mi ansia.

—¿Por qué lo preguntas?

Es obvio que hay un reclamo en su actitud y en su forma de hablarme.

—¿Y tú?

Sigo callado; sé que tarde o temprano terminará soltando sus suspicacias, lo que le molesta o le angustia. Tarda menos de un minuto:

—Han venido a buscarte.

Trato de controlarme, de mantener intacta mi apariencia de tranquilidad.

—Primero la policía, luego un militar, un teniente o algo así. Dijo su apellido, pero no lo recuerdo.

Muevo un poco la cabeza. Me rasco la rodilla.

—Y después, en la calle, un día me pararon dos tipos; parecían malandros, pero me dijeron que eran amigos tuyos. También te andan buscando.

Mira hacia el exterior. Pasa un niño en bicicleta.

—Te hemos llamado por teléfono y nada, nunca contestas. Tu mamá está nerviosa.

No tengo más remedio que enfrentarlo. Miento con suavidad, tratando de ser lo más coherente posible. Le cuento que hubo un problema en El Archivo; descubrieron una fuga de información y las autoridades intervinieron la institución, algo así le digo.

—Nos están investigando a todos.

Él rumia un comentario sobre el país, este desastre en el que nos han convertido, algo así dice. No quiero alarmarlo demasiado y le aseguro que ya todo se está aclarando, que todo está regresando a la normalidad en mi trabajo.

—¿Y la fuga de información?

—No sé. Parece que fue un error.

Permanece con la mirada extendida hacia la calle.

—Esta gente no se equivoca —musita—. No a la hora de volverte mierda —añade, bajando aún más el tono de voz.

Decido cambiar radicalmente la dirección del relato; le pregunto por mi padrino, le digo que en estos días recordé el famoso cuento del bidé. No es cierto. Pero es algo que nunca falla, el anzuelo ideal para jalar a mi padre y sacarlo del tema.

—¿En serio?

—Te lo juro.

Desde hace mucho tiempo, las historias de mi padrino me resultan patéticas. Cuando era adolescente, tal vez podían ser divertidas, pero más tarde, cuando crecí y conocí por mí mismo el mundo de los adultos, las anécdotas del compadre de mi papá comenzaron a parecerme tontas e irritantes. ¿Cuántas veces he escuchado el cuento del bidé? Muchísimas. Demasiadas. Desde que tenía doce o trece años, debo haberlo escuchado por lo menos una vez cada dos o tres semanas. A mi padre le fascinaba. Siempre se reía con tanta y sincera espontaneidad, como si nunca antes hubiera oído la anécdota. Más aún: a veces, cuando se reía solo, mi madre y yo intercambiábamos una mirada cómplice, sospechando lo mismo: papá se estaba acordando de la historia del bidé.

Pasó una noche. Mi padrino llegó tarde a su casa. Había estado en un bar, bebiendo cerveza con unos amigos. Su esposa estaba furiosa, pensaba que él tenía una amante, que la estaba engañando con otra mujer. Le reclamó airadamente. Seguro estabas con esa puta, probablemente le dijo. Mi padrino lo negó todo, molesto, fingiendo incluso sentirse ofendido, indignado. Esa actitud removió todavía más el enojo de su esposa, quien —sin dejar de gritar— lo desafió a pasar la prueba del bidé. Mi padrino quedó sorprendido, jamás había escuchado nunca nada sobre ese reto, no sabía a qué se estaba refiriendo su mujer y, alentado por el alcohol, respondió que no tenía ningún problema en enfrentarse a cualquier prueba, que él tenía la conciencia limpia y podía someterse a los exámenes que ella quisiera. Su mujer lo llevó al baño y llenó el bidé con agua. Luego le ordenó que se desnudara. Mi padrino se negó, protestó, pero ya era tarde, ya se había comprometido. Terminó haciendo lo indicado, cada vez más receloso con respecto a ese particular experimento.

—¿Es agua fría? —preguntó, sonriendo, con ánimo de ablandar un poco la furia de su mujer.

Ella no contestó. Sólo le pidió que se pusiera de pie sobre el bidé y que, luego, fuera dejando caer su cuerpo poco a poco hasta posar sus testículos en el agua.

—¿Tú estás loca? ¿Qué clase de prueba es esta?

—Una prueba científica. Si las bolas se hunden, estás diciendo la verdad. Pero si las bolas flotan, estás mintiendo y estuviste cogiendo con esa puta.

—No me jodas —refunfuñó.

—¡Hazlo!

Los testículos de mi padrino se mecieron dulcemente sobre el líquido.

Mi padre ni siquiera sonríe. Termina de sorber el fondo del café que queda en la taza y continúa mirando hacia el frente, apesadumbrado.

—Tu padrino se va.

—¿Se va? ¿A dónde?

—Mariana se los quiere llevar a Lima.

Mariana es la hija menor de mi padrino. Vive en Perú con su marido desde hace cinco años.

—Ella quiere que se vayan a vivir allá. Sale mejor que seguir mandándoles plata. Ya no pueden seguir mandando tantos dólares.

No hallo qué decir. Lo veo y siento que es un náufrago.

—Y además está lo de la salud. Aquí los hospitales no tienen nada, quien se enferma se muere.

Mi padre jala una nueva servilleta del antiguo dispensador metálico, la desliza entre sus dedos como si fuera una gasa.

—La vejez es como la guerra. Y en este país, peor. ¿Sabes cuánto es la pensión de un jubilado? —ni siquiera espera a que responda—: Cuatro dólares. ¡Cuatro dólares cagados al mes! —grita—. Aquí no hay reglas, no hay nada. Esto es una guerra salvaje.

Sigo sin palabras. Lo único que se me ocurre es estirar el brazo y dejarlo caer suavemente sobre sus hombros. Él no se inmuta. Nos quedamos unos segundos en silencio.

—¿Recuerdas a Miguelito Paredes?

—Ajá.

—Se fue a conocer a su nieto a Colombia. Cuando llegó a Barranquilla, su hija le quitó el pasaporte y le dijo tú te quedas aquí. A Venezuela no regresas. Ni de vaina.

Siento que mi brazo comienza a adormecerse sobre sus clavículas.

—Su propia hija lo secuestró. Dizque por su bien. Y ahí sigue, esperando quién sabe qué.

Las servilletas se han acabado. Mi padre mueve los dedos en el aire. Yo sólo pestañeo varias veces, cada vez más rápido.

—Te juro —añade de pronto, con la voz más ronca— que a veces pienso que lo mejor que uno puede hacer es suicidarse a tiempo.

El chip en mi bolsillo.

Diminuta tumba de metal.

Retiro el brazo de los hombros de mi padre. Él continúa igual, impávido, con la cara hacia el frente, como si siguiera con la vista el vuelo de las moscas, sus piruetas audaces, su sencillez, su velocidad. Después, como si le incomodara la condición ensimismada de ese momento, se levanta refunfuñando.

—Voy a orinar.

Cuando confirmo que mi padre se ha encerrado en el baño, saco el dispositivo de mi bolsillo, lo envuelvo con cuidado en una franja de servilleta, trato de proteger lo más posible la tarjeta de la cámara de la doctora y, finalmente, la dejo caer en el interior de la bolsa de la compra de mi padre. El minúsculo bulto se desliza hasta quedar junto a las cuatro sardinas que —con los ojos abiertos— reposan impasibles entre pequeñas piedras de hielo seco.

Antes de despedirnos, mi padre me pregunta de nuevo por mi trabajo, por El Archivo. Quiere estar seguro de que todo está bien.

Todo está bien.

Parece satisfecho con la frase. Camina despacio con la bolsa de sardinas en la mano.

—Le voy a contar a tu madre que te vi.

—Por supuesto.

—Pero si puedes llámala tú por teléfono. Sería mejor.

Mi padre me abraza con inusual intensidad y luego, cariñosamente, me da un puñetazo blando en la mandíbula. Lo veo alejarse, subiendo una cuesta con dificultad, como si caminara sobre la nieve. Anoche, Inés y yo lo discutimos. Las grabaciones de la doctora Villalba son, en el fondo, mi única garantía, mi poder. Si se las entrego a la policía, no sé qué podría pasarme. Sólo confío en mis padres, pero no quiero ponerlos en peligro. Imagino que, como todos los miércoles, mi madre tomará la bolsa con sardinas y la guardará en el congelador. Dentro de una semana, probablemente, sacará la bolsa del freezer. Los martes siempre comemos sardinas asadas. Pienso que eso me da unos días de ventaja, una oportunidad.

Tengo toda mi fe puesta en el triunfo de la rutina.

Mi padre se detiene, voltea, me saluda a la distancia con la mano. Le devuelvo el gesto y miro por última vez la bolsa con sardinas. Todo lo que se habla en una terapia siempre tiene un destino impredecible.

Durante el trayecto hacia la ciudad, reviso de nuevo en el teléfono la actividad reciente en las cuentas de Roco-Yo. Ya hay un retrato mío viajando en sus diferentes plataformas. Es una fotografía tipo carnet en blanco y negro. Hablan de mí, Gabriel Medina, como un "paciente clave" y posible "aliado" de Elena Villalba. Se sugiere también que, "muy probablemente", me encuentro en una situación personal "limítrofe", que tal vez incluso estoy "a punto de actuar de forma violenta" en contra de mi propia vida.

Alfileres que hieren, las comillas.

Cuanto más leo, de manera natural más me voy encogiendo sobre mí mismo. Deseo poder aplastarme como si mi cuerpo fuera un acordeón de papel.

Roco-Yo insta a las autoridades a apurar un juicio y a condenar de forma inmediata a la Doctora Suicidio. Con un lenguaje altisonante, convoca a sus seguidores a una gran marcha cívica, una manifestación pública a favor de la cordura y en defensa de la vida.

Pienso: no hay forma de entender lo que pasa. Cualquier análisis es inútil. El absurdo es la normalidad. Lo real es una alucinación.

La única manera que tengo de volver a establecer algún tipo de contacto con la doctora Villalba es a través de su abogado, Rodolfo Franchesqui. Me crucé una vez con él en la cárcel y, luego, recibí su breve mensaje telefónico. Pero sólo puedo responderle en persona. No tiene sentido que intente contestarle desde el nuevo teléfono que me ha cedido Inés. Obviamente, todas las líneas de comunicación del abogado deben estar intervenidas.

Franchesqui tiene su despacho en un edificio en cuya planta baja hubo alguna vez un pequeño centro comércial. Ahora todo ese espacio está prácticamente abandonado. De cuarenta o cincuenta locales, deben estar funcionando sólo dos o tres. El resto son lugares vacíos, vitrinas desiertas, tiendas que se quedaron a la mitad, con un mueble huérfano o unas cajas vacías en su interior. Parece un museo dedicado a esa antigüedad llamada comercio. Un territorio arrasado que de pronto se ha convertido en un parque temático.

Mientras espero al abogado, agazapado tras su carro, en el sótano del edificio, escucho una sirena a lo lejos. Imagino patrullas policiales y convoyes militares, un operativo que recorre la ciudad, buscándome.

Pienso: no soy un héroe. Ni siquiera soy un hombre de acción. Tampoco quiero serlo. No me interesa luchar contra nada. Sólo soy una persona a la que no le gusta la historia en la que se encuentra. Lo único que quiero es regresar a mi vida sin realidad, a mi vida anónima y maravillosamente insustancial.

La sirena pasa ululando por encima de mí y luego se retira, se distancia hasta disolverse. Ya casi son las seis de la tarde y calculo que Franchesqui debe estar por salir de su oficina. Todavía no tengo muy claro qué voy a decirle, cómo debo enfrentarlo. Sólo sé que él es mi única alternativa para poder salir de todo esto.

Mi padre sostiene que uno de mis problemas principales es que no sé mentir. Mientes mal, dice. Él cree que no saber mentir es una tragedia en la vida.

No dice *desventaja,* dice *tragedia.*

Le gusta repetir una teoría según la cual el mundo se divide en dos grandes grupos: los que saben mentir y los que no. Los segundos son los fracasados. Lo que distingue a todo perdedor —insiste mi padre— es su incapacidad de engañar a los demás.

También tiene un método, por supuesto. A mi padre le sobran los métodos. Para convertirse en un buen mentiroso —para tener éxito en la vida, subraya— es necesario comenzar siempre por uno mismo. Mi padre dice que hay que crear un personaje, un yo distinto al yo personal. Uno debe pensar en uno mismo como si fuera otro, suele afirmar. Para triunfar, o incluso para simplemente sobrevivir en este mundo, es necesario convencerse de que uno es otro; otro distinto, ajeno, capaz de adulterar y tergiversar todo, sin pudor, sin reparos, desprovisto de las incontables limitaciones morales que uno tiene.

—¡Actúa! —ordena su padre—. ¡Compórtate como si tú no fueras tú, coño! ¡Inténtalo! Cuanto menos seas tú, te irá mejor en la vida.

Le salgo al paso, apenas veo que llega, caminando por las escaleras. Realmente, ahora me gustaría ser otro. Otro más firme, más seguro, más valiente. Se sobresalta pero me reconoce enseguida. Mira rápido a nuestro alrededor, me toma del brazo y me arrima detrás de una columna.

—¿Las tienes?

Me sorprende que sea tan directo. Ha puesto su antebrazo en mi pecho y presiona mi cuerpo contra la columna. Su ropa huele a tabaco.

Pestañeo muchas veces.

Muevo la cabeza de arriba hacia abajo una sola vez.

—¿Dónde están?

—En un lugar seguro.

Mi respuesta no le gusta. Carraspea y observa un segundo hacia arriba, como si algo se le hubiera perdido en el techo. Vuelve a mirarme. Veo desdén en sus ojos.

—¿Tú eres pendejo o qué?

El otro que intentaba ser yo se deshace. No sé qué decir y estoy cada vez más nervioso.

—Tú recibías el chip y me lo traías, ese era el plan.

Nunca me lo dijeron.

Su mirada me escudriña. Su brazo me presiona un poco más contra el muro.

—¿Por qué me eligieron a mí?

—Eso también me lo pregunto yo —exclama, de mal humor—. La doctora fue quien lo decidió.

Toso. El abogado baja el brazo, me libera.

—¿Cómo saben que no hicieron un respaldo del material? —pregunto de repente—. ¿Y si Gisela Montes se quedó con una copia?

—No hay manera de saberlo.

—¿Cómo pueden confiar en ella?

—No tenemos otro chance. No hay más remedio.

Franchesqui se queda unos instantes frente a la columna, con la vista enterrada en el gris irregular del cemento.

—Tienes que decirme dónde está.

—¿Y después qué va a pasar conmigo? —me cuesta pero me atrevo.

Franchesqui me mira como si le estuviera proponiendo un chantaje.

—Estoy asustado —confieso—. Ya no sé qué hacer. La gente de Roco-Yo me llama todo el día. Quizás debería hablar con él, contar mi versión. Así todo el mundo conocería la verdad.

Una mueca irónica se trepa a los labios del abogado.

—¿Cuál verdad?

Sólo siento la lengua seca.

—¿No has pensado que Roco-Yo tal vez es una ficha del gobierno? Es sencillo: lo financian y cuelga en sus redes lo que las autoridades le dicen. Nada más.

—No creo que la policía le pague a Roco-Yo.

El abogado se mantiene inmutable.

—Él trabaja para sí mismo —digo—. Haciendo famosa a la doctora, se hace famoso él. Con este caso, Roco-Yo ha subido al tercer puesto en el ranking de los influencers del país. Ya está en negociaciones con una productora extranjera para hacer un documental.

El abogado vuelve a asomar una mueca irónica en su cara.

—Las redes son un asco —masculla, volviendo a ponerse frente a mí—. Exhibirse sin pudor es una virtud. La vida privada se está yendo a la mierda. Pero no es por eso que están jodiendo a Elena.

Me siento un poco avergonzado, no entiendo muy bien lo que dice. El abogado pone sus manos en mis brazos.

—Si vas con ellos —continúa—, va a pasar lo siguiente: dentro de unos días, aparecerás muerto y saldrá Roco-Yo acusando a la doctora Villalba de haber tejido todo un plan macabro para provocar tu suicidio.

No soporto su mirada.

—Esto no es un chiste, Gabriel. Esta gente hace lo que le da la gana. Te pueden torturar, te pueden hundir en una cárcel por años, te pueden matar.

—No entiendo —balbuceo, sin mirarlo—. ¿Qué tienen esas grabaciones? ¿Por qué son tan peligrosas?

—¿No las has visto?

Me quedo tieso. No me atrevo a mentir.

—He visto algo —murmuro—. Estuve buscándome —admito—. Quería ver si la doctora me había grabado a mí también.

La pausa comienza como unos simples puntos suspensivos, pero luego se va dilatando hasta convertirse en un intervalo denso. El abogado permanece igual, tenso. Su rostro es indescifrable. No sé qué piensa, si me valora de alguna manera o si tan sólo cree que soy un tarado.

—Elena confía en ti.

Me pican las manos.

Una humedad repentina envuelve mis orejas.

De seguro estoy enrojeciendo.

—Dime dónde está el chip.

El chirrido de unas ruedas corta el aire y, tras el frenazo, un carro sin placas se detiene en seco a milímetros de nuestros cuerpos. Apenas podemos dar un brinco hacia ningún lugar, antes de que García y Jiménez bajen del automóvil y nos apunten con sus pistolas.

No hay prólogos.

El abogado protesta, pero no le hacen caso. Actúan como si no existiera, como si no estuviera ahí. Me meten al vehículo a empujones, en el asiento de atrás; luego entran ellos, apretándome de cada lado. Mientras, a gran velocidad, el hombre que va al volante da vueltas buscando la salida del estacionamiento, García y Jiménez me dan puñetazos y jalones, increpándome airadamente, haciéndome preguntas, amenazándome. Estoy tan aturdido que no logro reaccionar. La velocidad de los golpes y de las interrogantes no me permite pensar en nada. Apenas alcanzo a farfullar excusas inconexas, puras frases que se van desmoronando antes de terminar. Cuando por fin salimos a la calle, el carro se sacude de manera inesperada y se detiene de pronto, como si hubiera chocado con el aire. García o Jiménez manotea, insulta al chofer antes de saber qué ocurre. Un silencio se abre paso dentro del automóvil. Los dos policías salen del coche. Me inclino para tratar de ver qué sucede. Un pequeño camión militar, pintado como si llevara un uniforme de camuflaje, interrumpe el paso, aparcado en la mitad de la calle. Frente a él está un oficial en traje de campaña. Aunque ya comienzan a formarse sendas filas de lado y lado del camión, ningún transeúnte parece dispuesto a protestar, todo está en silencio. La pintura del camión impone un orden. No hace falta nada más para que cualquier indignación se arrugue y se convierta en temor. Junto al vehículo, también se encuentran dos hombres vestidos de civil. Ambos llevan el cabello casi al rape y no hacen ningún esfuerzo por ocultar que están armados. De seguro también son soldados.

García y Jiménez conversan con el militar que está a cargo. Miro a mi alrededor, queriendo que suceda un milagro. Me falta el aire, me mareo.

De pronto, siento que la oscuridad se cuela detrás de mis párpados. Es como si un musgo invadiera y tiñera mis pupilas, envolviendo todo lo que veo en una rara humedad de color aceituna. Pero, dentro de mí, todo está helado. Me aterro. Trato de evaluar rápido mi situación. El chofer está pendiente de lo que ocurre adelante, junto al camión. Tanto el militar como los dos oficiales parecen impacientes y de mal humor. Los tres discuten entre sí pero, al mismo tiempo, lidian con sus teléfonos, tratando de llamar o hablando ya con otras personas. Se hacen señas entre ellos. Discuten. Sólo tengo unos pocos segundos. Más que una sensación es una certeza. Una certeza que quema.

¿De dónde viene la palabra *tris*?

Un tris: me inclino y pateo la puerta, doy un salto, caigo sobre la calle y arranco a correr como desquiciado. Me dirijo hacia el único ángulo donde no hay más allá, hacia una curva que parece abrirse al vacío. Es una acción descabellada y, por eso mismo, todavía más inesperada. Puedo percibir que a mis espaldas todos empiezan a reaccionar cuando, abrazado a mi propio grito, ya he recorrido un trecho y me estoy lanzando por el borde de la vía. Siento que la luz moja mis labios. Escucho los gritos detrás de mí. Floto en el aire. Soy dios.

Soy un tris.

El vuelo también se derrumba en un segundo. Me precipito por una pequeña colina, tropiezo, me golpeo, pero nunca me detengo; sigo bajando hasta topar con un techo de láminas de zinc y me hundo en ellas.

No tengo tiempo de pensar. Tampoco de sentir dolor o de quejarme. El miedo es más potente y su desorden lo ordena todo, me empuja a continuar. He caído en un estrecho depósito lleno de bolsas de granos y de arroz. Me levanto, escupo, avanzo cojeando hasta una puerta que, por suerte, sólo tiene un cerrojo interno. Lo abro, me asomo, constato que no hay nadie, salgo.

Sólo quiero correr. Correr cada vez más y cada vez más fuerte. Sin hacer caso a nada más. Corro, brinco, subo escaleras, bajo escaleras, entro y salgo de calles y callejones, arrastro mi sombra por todos lados. Subo a la azotea de una vieja fábrica, busco dónde esconderme. Ahora escucho sirenas por todos lados. También oigo el sonido de un helicóptero. Miro al cielo pero todo es claridad. Sólo cielo. Me descuelgo abrazado a una tubería. Corro otra vez. Corro de nuevo. Hacia cualquier lado, hacia donde sea. Llego a una calle muy transitada, me lanzo entre la gente, empujando y tropezando con varias personas. Quienes me ven pasar miran luego hacia atrás, como siguiendo una estela invisible, como esperando que aparezca la otra mitad de un relato. Sólo dejo de moverme cuando siento que el corazón se ha trepado a mi cabeza y está rebotando sin control entre mis orejas. Estoy a punto de ahogarme con mi propia lengua. Me dejo caer detrás de unos tobos de metal, en una zona de galpones y talleres mecánicos. No puedo respirar. Sólo logro escuchar el trote de la sangre en mis oídos. Y ya no más.

No sé cuánto tiempo estuve desmayado. Abro los ojos y veo que comienza a anochecer. Con cuidado, voy pasando los dedos sobre mi cuerpo. Me toco. Siento dolor pero no veo heridas graves o torceduras. Tengo sangre seca adherida a mi pierna izquierda. El sudor de la fuga, como si fuera un pegamento líquido, está seco sobre mi cuerpo. Me siento sucio, muy sucio. Y cansado, muy cansado. Mi garganta es una grieta. La sed, áspera.

Sólo quiero volver a cerrar los ojos y apagar todo lo que ocurre.

Se puede vivir sin realidad.

El entramado de sombras y de luz ocre representa una ventaja. Mi imagen es pública, no puedo evitar sentirme cada vez más inseguro y amenazado. Sorteo las avenidas amplias, busco los callejones, trato de encontrar el paisaje que pueda encubrirme mejor. Al subir por una vereda hacia la zona de Cotiza, descubro en una esquina una pequeña iglesia. Es una edificación vieja, estrecha y no muy alta. La fachada es blanca y una cruz de metal pintada de dorado se alza dos metros por encima del techo. En uno de los muros hay un dibujo de Jesucristo estirando la mano hacia adelante. Junto a él, en letras gruesas se puede leer un mensaje alentador: "Si estás cansado… ven a mí".

Estoy en el clima ideal para las iluminaciones.

La misa de las seis está finalizando. Sólo un grupo reducido de mujeres, casi todas mayores de sesenta años, asiste a la celebración. El sacerdote habla con una voz difícil de seguir: flácida y endeble, apenas parece tener fuerza para llegar a quienes se hallan en la primera banca frente al altar. Me basta dar un vistazo para recorrer todo el lugar y tomar la decisión: me dirijo sinuosamente hacia el ángulo más oscuro donde, en un rellano ubicado a la derecha, se encuentra inmutable un antiguo confesionario de madera. Me cuelo en su interior, convencido de que aquel templo es mi mejor hotel.

La espera es larga. El sacerdote cultiva la lentitud como si fuera una virtud teologal. Inmóvil e impaciente, lo sigo con la mirada a través de la tupida malla de mimbre que recubre el frente del confesionario. Después de despedir a la última beata, todavía deambula un rato, como si no supiera muy bien en qué gastar su tiempo. Revisa unos papeles en una de las mesas de la entrada, cuenta las velas en el nicho de una virgen, deja escapar una sonora flatulencia mientras alinea las últimas bancas del flanco izquierdo del recinto. Tras una larga media hora, escucho el sonido de las llaves, asegurando puertas principales de la iglesia. Siempre a media marcha, se aleja por el pasillo central y cruza tras el altar para perderse finalmente en la sacristía. Dejo pasar unos minutos antes de salir del confesionario. El crujido lejano de una puerta que se cierra es una señal divina. En medio de la oscuridad, siento el alivio de saber que por fin estoy solo. Aislado.

Las tinieblas también nos iluminan.

Un domingo, mi madre me obligó a acompañarla a la iglesia. Yo debía tener, si acaso, nueve años. Mi padre iba a salir con mi padrino y la solución religiosa le pareció providencial. Mi madre nunca ha sido muy practicante, pero se había comprometido con una amiga cercana y no halló a tiempo una excusa potable para traicionar su palabra y faltar a la cita. Tuve que limpiar y pulir sus zapatos de cuero negro.

La iglesia era enorme. Desde la estatura de quien aún no cumplía diez años, me pareció una construcción descomunal, un exceso de metros y de piedras, de santos y de cirios, de asientos y de gente. La jornada fue interminable, las canciones horribles y el calor infernal. Mi madre, sentada junto a mí, tenía la ropa mojada de sudor. Debajo de su nariz nacían pequeñas gotas que formaban un curioso bigote de agua. Durante la homilía, alguien se desmayó. Primero, hubo un breve estruendo; aunque no pude ver nada, supuse que alguien se había desplomado sobre la banca. Después vinieron los gritos de sorpresa, las peticiones de auxilio, el revuelo. Entre varios hombres que usaron sus brazos como camilla, sacaron de la iglesia a una anciana. Los vimos pasar muy cerca. La mujer tenía la boca entreabierta. Sus venas eran verdes. De ahí en adelante, todo cambió. Fue como si ese suceso hubiera roto el hechizo religioso y dios hubiera perdido una batalla contra el miedo. Cuando entramos en el carro, ya dispuestos a irnos, mi madre sólo rezongó:

—Tanta esperanza hace daño.

La puerta que da a la sacristía tiene la bisagra superior suelta y, por suerte, esto le impide calzar en el travesaño vertical del marco. Empujo suavemente la hoja de madera y puedo asomar la cabeza y confirmar que el espacio está vacío. El lugar es sencillo, no tiene demasiados muebles y tampoco se encuentra muy ordenado. En la pared del fondo hay una puerta de metal pintada de negro. Deduzco que es la salida a la calle. Está cerrada con llave. Me agrada. Me da seguridad.

Lo primero es buscar un contacto eléctrico que me permita enchufar el cargador y reponer la batería de los dos teléfonos celulares. Lo encuentro casi pegado al piso, junto a un enorme y pesado armario de madera. Dentro de él, cuelgan los distintos ropajes que usan los curas en las celebraciones. Tomo uno blanco y otro morado, previendo que quizás en la madrugada haga frío.

Regreso a la iglesia, me siento destruido. Me acuesto en una de las primeras bancas, cerca de unas veladoras que iluminan la pintura de un Cristo en sandalias bendiciendo una cesta de panes y pescados. Tengo hambre. Recuerdo las sardinas.

Tanta esperanza hace daño.

Al día siguiente, me despierta el olor de las sotanas.

En un ángulo de la sacristía encuentro un pequeño lavamanos. El agua llega con muy poca fuerza pero es suficiente para refrescarme la boca, mojarme la cara y el cabello. Luego, abro cajones y busco con ahínco, sueño con el espejismo de encontrar algo de comida. Sólo consigo, en una caja de metal, una bolsa plástica de cierre hermético llena de hostias. Desesperado, me las como.

Mi viejo celular ya tiene batería. Dejo cargando el teléfono que me dio Inés y regreso a la nave principal del templo. El bullicio que viene de la calle es cada vez más fuerte. También la luz entra con mayor vigor e intensidad por las ventanas superiores. Afuera, una voz amplificada por un parlante ofrece verduras a precios baratos: lleve los tomates; tenemos plátano en oferta, dos por uno; el kilo de papa hoy está a precio de regalo. Me siento de nuevo en la banca y reviso el teléfono. No tengo llamadas perdidas. Tampoco me han llegado mensajes. Me parece desconcertante. Sólo Inés sabe de la existencia del otro teléfono; todos los demás tienen este número de contacto. La ausencia y tanto silencio me ponen suspicaz. Es raro que mi madre no me haya llamado. Que no tenga tampoco ningún nuevo mensaje de Natalia u otro insistente recado de alguien del equipo de Roco-Yo. Ingreso en las redes, comienzo a revisar las cuentas del influencer y, de inmediato, entro en crisis: en todas sus plataformas, se destaca una noticia: "La Doctora Suicidio confiesa y se declara culpable".

Estoy abismado. Leo, busco, reviso. No se trata de un mensaje personal. Roco-Yo reproduce varias notas de prensa basadas en un comunicado oficial. El anuncio viene de la Fiscalía General de la República.

Siento que la tráquea se me llena de arena.

Trato de incorporarme, pero no encuentro el equilibrio necesario, caigo de nuevo sentado sobre la banca. Siento un vahído, tengo náuseas. No puedo entender la noticia. Vuelvo a mirar la pantalla del teléfono. Una foto muestra a Elena Villalba sin ninguna emoción, con la mirada firme pero vacía. Como si fuera un dibujo. Leo detenidamente toda la información. Según asegura la nota, la noche anterior la terapeuta decidió negociar con las autoridades y reconocer su responsabilidad en los suicidios de varios de sus pacientes.

Dejo el teléfono en el asiento y, apoyándome con mucho esfuerzo en el respaldo de la banca, alcanzo por fin a levantarme. Me duelen los huesos, los nervios, los músculos, la piel. Giro en redondo, miro hacia todos los lados y todos los lados giran a mi alrededor. Una arcada violenta me sacude y me empuja de bruces, doy un traspié y me agarro con ambas manos de la base del viejo confesionario. No puedo aguantarme. Vomito dentro del estrecho espacio del locutorio.

Cuando salgo y trato de caminar hacia las bancas, siento que el alboroto exterior se ha detenido. No sé si el embotamiento de mi cabeza me impide oír o si, realmente, los sonidos afuera han cesado. Por un momento, doy pasos de forma errática, estirando las manos en el aire, como si necesitara asirme de algo. También tengo calambres en los pies. Todo me parece descabellado y violento, inexplicable. Las pupilas me arden. Veo todo rojo.

Doy más pasos vacilantes. Me esfuerzo por llegar a la banca. Me tiendo sobre ella y tomo otra vez mi teléfono. Los dedos fallan, no me responden, se desvían y pulsan otras teclas. Recibo entonces una nueva notificación: Roco-Yo acaba de colgar un nuevo material en la red. Es un video. Una entrevista exclusiva con la Doctora Suicidio.

Mi boca se abre desmesuradamente. No logro dominarla. Se abre hasta hacerme daño.

Crujen los huesos de mi cara.

El asombro es una herida.

Me siento torturadamente atónito. Vuelvo a sentarme. Me acuesto. ¿Dónde está el aire? Aprieto con mis manos la madera de la banca. Me muevo sobre mí mismo de forma compulsiva. Grito. Vuelvo a gritar y mi alarido surca el pequeño cielo de la iglesia, golpea contra el techo, rebota en las paredes, produce un eco que va menguando hasta convertirse en una queja mojada.

—Yo nunca le pedí directamente a ninguno de mis pacientes que atentara contra su vida.

El set es gris y está en penumbras. Pareciera que se encuentra en una celda. La doctora está sentada frente a Roco-Yo y, tras él, se ubica el lente de la cámara. Es una única toma que se concentra en el rostro de la terapeuta y que ni siquiera permite ver la espalda del influencer. Es inevitable que todo recuerde un poco a las grabaciones hechas en el consultorio. La entrevista casi parece estar imitando la grabación de cualquier sesión de sus terapias. Copia el ángulo y la disposición de los actores. La puesta en escena es idéntica.

—Pero la información oficial señala que usted ha reconocido su responsabilidad en esas muertes.

La doctora contiene un ademán. Parece tercamente empeñada en mantener los ojos fijos en la cámara, evitando siempre mirar a quien hace las preguntas.

—Así es —dice quedamente, tras la pausa.

Roco-Yo deja que el silencio se alargue. Es obvio que no le preocupa el tiempo. Tampoco necesita decir nada. Sabe que la pausa juega a su favor y la incorpora al guion, la moldea, la convierte en una forma de suspenso.

La doctora termina cediendo, baja un poco la mandíbula, habla con menos tenacidad:

—Quizás yo pude impedir alguna de esas muertes —musita.

—No la escuché bien, perdone.

La terapeuta se remueve, controlando su molestia, pero sigue sin mirar al influencer. La sesión es un suplicio. Tras unos segundos, repite su respuesta en voz alta y de manera más amarga. Mientras la escucho, siento tan nítidamente cómo surge de nuevo la tristeza dentro de mí, cómo se expande y me va tomando, cómo me ocupa.

Abro y cierro los párpados. Muchas veces.

Deseo no oír. Deseo no ver.

Roco-Yo pregunta, comenta con soltura y serenidad, disfruta la entrevista. La doctora contesta estrictamente lo necesario.

—Hablemos ahora de Gabriel Medina —dice de repente Roco-Yo, cambiando de tema.

Siento que una línea de frío cruza por dentro mi cabeza.

Hielos debajo de los ojos.

La pregunta parece desestabilizar un poco a la terapeuta. Por primera vez, aunque de manera fugaz, intercambia una mirada con su interlocutor.

—Es el único de sus pacientes que sigue teniendo contacto con usted. Ha venido a visitarla a la cárcel.

Elena Villalba duda, pero de inmediato vuelve a concentrarse en la cámara. De pronto, por un instante, siento que ella y yo estamos cerca de nuevo, mirándonos.

—Él es todavía muy dependiente de la terapia.

—¿Qué quiere decir con eso exactamente? ¿Iba a la cárcel a tener consultas con usted? —pregunta Roco-Yo con un leve dejo de sorna.

—No —puntualiza la doctora— sólo refiero la causa, lo que lo motivaba a visitarme —hace una pausa y luego continúa con más aplomo—: Gabriel Medina vivió una experiencia traumática hace unos años. Sus padres murieron. Los dos juntos. Él los encontró.

Un cuchillo en mitad de mi boca.

Metal sobre el aliento.

Óxido en la lengua.

Con las manos temblorosas, haciendo un gran esfuerzo para dominar cada uno de mis dedos, logro retroceder el video, vuelvo al instante anterior, al instante en que:

—Gabriel Medina vivió una experiencia traumática hace unos años. Sus padres murieron. Los dos juntos. Él los encontró.

La sensación es la misma. Una espada afilada y cortante entra por mi boca y se hunde hasta mi pecho. No puedo ni toser. No logro pronunciar ni una exclamación. Me quedo sin lenguaje.

Mis piernas están blandas, no responden. No tengo control sobre mi cuerpo. Apenas logro mantener el teléfono en la mano. La mirada de Elena Villalba es una luz agria que sale del celular y se posa sobre mí, castigándome.

—Según la policía, Gabriel Medina está desaparecido.

La doctora no dice nada.

—¿Él era su próxima víctima?

La doctora no dice nada.

—¿Usted cree que él podría también tratar de suicidarse?

La doctora no dice nada.

Permanezco de rodillas en el piso, enroscado sobre mí mismo. No alcanzo a gritar, no logro articular ningún sonido. Las palabras de la doctora Villalba vuelan muy despacio sobre mí, giran a mi alrededor como si fueran pequeños zamuros. Las miro, tratando todavía de entenderlas, de aceptarlas.

¿Por qué dice eso sobre mis padres? ¿Por qué miente? ¿Cómo han logrado obligarla a participar en esa farsa? ¿La están chantajeando?

Pero de pronto también me araña una duda: ¿y si es cierto? Por un instante, la pregunta se cuela dentro de mí ¿Acaso puede ser cierto? Me invade un susto que rápidamente me desborda ¿Y si no se trata de un montaje? ¿Y si mis padres en verdad están muertos? ¿Y si todo lo que he vivido sólo es una alucinación?

Trato de buscar algún recuerdo que me ilumine, una memoria probable de la muerte de mis padres, pero no doy con nada. Quiero golpear mi cabeza. Agitarla hasta lograr encontrarme en ella. Ahora sólo puedo ver y oír imágenes confusas de todo lo que ha ocurrido en estos días.

La doctora Villalba se pone de pie, se acerca demasiado. Estamos solos en la sala de visitas.

Su mano fría aprieta mi mano.

Su aliento frío toca mi oreja.

—¿Puedo confiar en ti? —pregunta.

—¿Puedo confiar en mí? —pregunto.

No quiero moverme. Voy a quedarme así para siempre. En esta iglesia, en este instante, en esta postura, en este jadeo que ni siquiera logra pronunciar una exhalación.

No quiero salir de este silencio.

Por la puerta de la sacristía, una monja y una mujer con varios implementos de limpieza entran a la iglesia. Se sorprenden al verme, se miran desconcertadas, sin entender qué ocurre. Reacciono rápido: me levanto de un salto, dejo las sotanas y mi celular en la banca, mastico una disculpa y con grandes zancadas me escabullo hacia la sacristía. Velozmente, recupero el teléfono que me prestó Inés y salgo a la calle.

Camino aturdido, todo me parece demasiado colorido y estridente. Siento que tropiezo con todo: con el grito del vendedor ambulante, con el amarillo de una caja llena de parchitas, con el olor de las empanadas fritas… Al llegar cerca de una estación del metro, busco un resquicio menos concurrido, un espacio que me permita tratar de ordenar mis ideas y mis angustias. Enciendo el teléfono. Saltan de inmediato algunas llamadas perdidas y varios mensajes, todos de Inés. Pero ahora mi urgencia es otra.

Sin pensarlo, marco el número de mi padre.

Escucho el tono repicando varias veces, me exaspero, cuelgo y vuelvo a llamar: ¿por qué carajo no contesta?

Ocurre lo mismo: el timbre suena una, dos, tres, cuatro, cinco, seis, siete, ocho veces, hasta que de pronto parece apagarse en medio de la nada, dejando la llamada en un limbo hueco. Es imposible e inaudito que mi padre no me responda.

Mi saliva está cada vez más ácida.

Llamo al celular de mi mamá. Tras un primer repique, entra una contestadora automática que sólo reproduce el sonido de un timbre largo y agudo. Creo que, con los nervios y el apuro, me he equivocado con las teclas. Vuelvo a marcar y sucede lo mismo: el pitido se estira y me frota el oído.

Pienso: están vivos. Tienen que estar vivos. Mis padres no son una invención.

Intento volver a llamarlos, insisto, cada vez más compulsivamente. El resultado siempre es el mismo. No hay respuestas. De repente puedo verlos con enorme claridad. Es de noche y están en su apartamento. Ella se encuentra sentada en el sofá, ve un programa de concursos de la señal internacional de la Televisión Española. "Es lo único que se puede ver acá", siempre dice. Mi padre da pasos por la sala, como si pensara en algo urgente, como si no pudiera hacer otra cosa. Y entonces suena el timbre, dos veces. Él se acerca, preguntando en voz alta quién toca. La respuesta es un empujón que derriba la puerta. Un grupo de ocho uniformados entra, todos llevan fusiles. Mi padre queda mudo, mi madre no tiene tiempo de gritar. Mientras registran la casa, los oficiales mantienen a mis padres sometidos, ambos están acostados en el suelo con las manos sobre sus cuellos. Mi madre llora, mi padre tiene una mancha de orina en los pantalones.

Recuerdo las sardinas. Las veo congeladas en el refrigerador. Delgadas, brillantes. Sus bocas entreabiertas, sus ojos planos.

En el buscador del teléfono trato de rastrear alguna información sobre mis padres. No hay nada. Nada actual, nada tampoco de hace años. Ningún allanamiento o detención policial, pero tampoco ningún viejo accidente, ninguna muerte inesperada.

¿Se puede vivir sin realidad?

Los veo esposados y aislados. Cada uno en una celda. La penumbra no me permite distinguir sus ojos.

Tomo de nuevo el teléfono, pero ahora llamo a Inés. Pego el celular a mi oreja, siento su calor contra el lóbulo. Sólo suena dos veces antes de que atienda. Supongo que es ella. Ha tomado la llamada, pero se queda en silencio. También yo me quedo mudo, a la expectativa. Mi cuerpo pende del teléfono. Como un traje en una percha.

¿Cuánto tiempo podemos pasar así? ¿Cuántos segundos?

No lo aguanto. Lanzo el teléfono sobre unas bolsas de basura que están apiladas en una esquina y corro lo más rápido que puedo hasta zambullirme en las filas de personas que entran a la boca del metro.

Estación Capitolio. El tren se detiene. Las puertas se deslizan, suenan como si el aluminio estuviera llorando. Salgo a la calle, miro hacia el fondo de la avenida y tengo un presentimiento. Sin siquiera pensarlo, doblo en una esquina y me voy por la calle lateral que, de forma paralela, recorre casi el mismo trayecto hasta El Archivo.

Mi cabeza está llena de tambores.

Empiezo a repetirme mentalmente que todo tiene que ser una maniobra para manipular el caso. De seguro, finalmente, lograron someter a Elena Villalba y la han obligado a pactar. No sé a cambio de qué, tal vez a cambio de su propia vida.

Avanzo por la calle vacía, desmenuzando ese argumento, pronunciando una y otra vez el nombre de mis padres, recordando cada detalle de lo que todo lo que ha ocurrido, deseando que Inés aparezca de repente ante mis ojos. Pienso: las autoridades han detenido a mis padres y han fraguado todo este fantasioso ardid sobre su muerte. La única tarea del poder es confundirnos.

No veo ninguna sombra a lo lejos. Ninguna silueta. Ningún destello gris. Me encuentro de nuevo frente a la vitrina: ahí están otra vez los televisores, ordenados en fila, colgados uno junto a otro, sintonizados todos en el mismo canal de noticias. Las pantallas muestran la imagen de la doctora Villalba, custodiada por dos oficiales uniformados, vestidos de negro y embozados. Ella está esposada. Camina muy despacio, con la cabeza inclinada hacia abajo. No hay leyenda. No aparece nada en el generador de caracteres. Me concentro en los labios de la narradora, trato de encontrar un vocabulario en la manera como recorta las sílabas, intento leer a través de sus dientes.

Llego a la esquina y tampoco hay nadie. Decido regresar sobre mis pasos y recorro de nuevo la calle, ahora con más velocidad. Continúo de largo, dirigiéndome hacia la sucursal del banco donde trabaja Inés. Me detengo frente a la fachada, mi figura se refleja en los largos cristales de la agencia. Mi aspecto es deplorable. La ropa sucia y desajustada, el cabello en completo desorden. Por un momento, me quedo embebido, extasiado, viendo mi reflejo flameando sobre el cristal.

Espero resguardado junto a un árbol, observando la entrada del edificio, pero atento a cualquier movimiento extraño, pendiente de cualquier otra presencia sospechosa.

Tengo sed. Salen varias personas del banco, pero ninguna es Inés.

¿Puedo confiar en mí?

La desesperación me impide respirar bien.

Hasta que por fin la veo. Viene desde el interior del edificio junto a dos hombres. Supongo que son compañeros del trabajo. Los dos van vestidos con traje y corbata, Inés lleva un pantalón azul y una camisa blanca.

La observo y, aun en medio de la tensión eléctrica, siento un alivio inmenso, extraordinario. "Es Inés. Es real. Me conoce, hemos estado juntos, vio las grabaciones que estaban en el chip. Ella sabe que todo es cierto".

Los tres se detienen antes de llegar a la calle y siguen hablando animadamente. Comienzo a caminar, despacio pero sin dejar de estar en guardia, alerta. Cuando aparezco junto a ellos, los tres dejan de hablar de inmediato. Parecen extrañados, perplejos ante mi presencia. Yo sólo la miro a ella, fijamente. Doy un paso hacia adelante y me detengo entre los dos hombres.

—Inés —digo.

Y comienzo a pestañear rápidamente.

Ella no responde. Sólo me observa, desorientada, indecisa. Un silencio inquietante se desliza entre ambos. Inés duda.

Y entonces la abrazo. Con fuerza, intensamente. Y no me importa lo que ocurre alrededor. No me importa nada. Me aferro a ella como si sólo así pudiera, por fin, acabar con la tristeza.

El fin de la tristeza de Alberto Barrera Tyszka
se terminó de imprimir en marzo de 2024
en los talleres de
Impresora Tauro, S.A. de C.V.
Av. Año de Juárez 343, col. Granjas San Antonio,
Ciudad de México